La Route
d'Altamont

阿尔塔蒙之路

La Route
d'Altamont

GABRIELLE ROY

〔加〕加布里埃勒·罗伊 著

赵苓岑 译

南京大学出版社

目　录

我的全能姥姥

I

那年夏天我六岁,妈妈送我到曼尼托巴的姥姥家住上一阵子。

去时,少不了抗争。我怕老太太。她出了名的讲秩序,爱干净,一板一眼,容不得家里有半点乱。往她那儿一去,经常就是"这个收起来,自个儿东西收好咯,像个年轻人的样子",此类种种。唯独孩子的哭闹惹她烦,孩子一哭,要她说,那就是"抽抽搭搭""期期艾艾"。她这些话,只能算半自创,经常让人摸不着头脑。后来,我在自己的老《利特雷词典》里找到了姥姥用过的词儿,该追溯到加拿大来了第一批法国移民时。

管它呢,该烦的是她,她自个儿生出念头邀的我。

"你把小细囡给我送来吧。"她在信里写道。妈妈给我看是为了说服我:姥姥是欢迎我的。

喊我"小细囡"也缓解不了我对姥姥的情绪。或多或少还带点抵触情绪,就这么往她家去了,那是 7 月的一天。脚往屋里一踏我就不吭声了。

"待这儿我得烦死,肯定加注定。"

,我不会知道,自己脱口而出的话逗乐了她,吸引着她。多少小孩一张嘴就虚情假意,她再恨不过,说是"谄媚""虚虚绕绕"。

一顿乌云压顶的预言后,我竟见她——这就已经够诡异了——微微一笑。

"瞧着吧,你烦什么,"她说,"但凡我想,有心出手,上百个法子变来换去逗这个孩子。"

可怜的亲老太!任她再高高在上,也烦透了。几乎就没人来看过她。一溜儿孙儿,太少见到,而记忆力又在不顾一切地衰退,她再也分不清谁是谁。

有时满载小年轻的车子过门减速,要么停个一时半

会儿,一溜的小姑娘晃着手喊:

"喂,奶奶！你好吗?"

姥姥刚踩到门槛,那群姑娘脚底生风带起细细的灰尘,已经不见了。

"来的是谁?"她问我,"克雷奥法斯的闺女? 还是尼古拉家的? 要戴着眼镜,我准晓得。"

我告诉她:

"是贝尔特,爱丽丝,格拉齐耶拉,安-玛丽。"

"啊!"她唤了一声,转着脑子细想,到底是尼古拉家,克雷奥法斯家,还是阿尔贝里克家的姑娘。

然后她自我反驳:

"真是,瞧我怎么想的！尼古拉家可是男孩儿。"

她往床边安乐椅上一靠,一时间只想理清思绪,彻底清点一番子孙后代。我就最喜她脑子一根筋地转,像有一团纠结的乱毛线摆在面前等她去顺。

"克雷奥法斯家,"开始了,"先有的热特吕德,然后生了大儿子——叫什么来着,那大棕孩子? 雷米?"

"才不是,瞧,"我出手帮,但有点不耐烦,"雷米,是尼古拉舅舅家的。"

"哎！你话太多！"她有些恼。

渐渐地我就明白了，她不怕我瞧出她的短处：视力下降，听觉出了问题。她最受不了的，还是记忆力衰退。

第二天，屋里猛扑来另一伙小年轻，就留了短短五分钟，这一次，坐的是越野车。

姥姥急急忙忙摆好桌子，以为这么一来或许留得住他们，见了鬼！她下地窖找酸黄瓜的时候，那些个浑身气派的小妞喊道："不等了，人家要去拉斯韦尔……拜拜，奶奶！"

她爬了上来，眨巴眨巴眼睛，问我：

"走了？"

外面，只听到乒吟乓啷动身的声音。

"哎，现在的年轻人！"她嚷道。

我和她待在小屋听平原起风啸，阳光下，风纠结着，无休无止，将小小的尘埃拧作一团，散开又拧紧。

再然后，姥姥开始自言自语，或许没想要我听。有一天，在窗边，我听见她在叹息。

"人啊，总是自作自受。我是太想自己舒服，总想一切好好的,再没小孩往我腿上一坐,哭哭啼啼。是啊,那时候多想有那么一分钟属于自己。如今倒好,一个世纪都是我的!"

她再叹一口气,怪起了上帝。

"跟上帝讨了来,后来又不想要了,当时他干吗就听了? 也该有点脑子,一只耳朵进一只耳朵出!"

然后她想起我在房里,稍一抬手,唤我:

"你,至少我晓得你名字。"

然后她问我:

"怎么搞的,你叫什么来着?"

我应她时有点火大:

"克里斯蒂娜。"

"对,就是嘛,我晓得嘛,克里斯蒂娜。"

思绪飘忽,她问我:

"几岁了,我那孙女?"

有那么一小时,不管怎么,就是烦。太阳就快消失,在原野上投下一片红光,远远一大片,怪得很,似拉长了原野,又显得空荡荡,了无人迹,像拉回荒蛮的梦,孤绝遍野;像原野有心不要人、屋子和村子,一眨眼,使劲甩掉了一切,一返过去的模样,遗世而独立。

　　而且在姥姥家,没法避开这乱人心神的景象。村子很小,姥姥家就在村尾。海一般,莽原将我们团团围住,只有东边还能望见几间小木屋,算是这惊骇旅居时唯一的旅伴。旅居,因为莽原风平浪静,身在其中有种错觉:被动地无尽穿寻,仍是重复再重复、不变的国度。

　　突然有一天,不晓得哪来的无名火,我开始连发抱怨:

　　"啊,烦死了,烦死了,烦死了!"

　　"闭嘴吧你,"姥姥受不了了,"还以为狼在嚎呢。"

　　我倒想,我也说不上为什么,莫名其妙压不住无名火,我嚎得更欢了:

　　"烦死我了,烦死我了!"

　　"啊哟! 跟无辜的婴儿似的!"姥姥叹道。

　　小孩儿苦恼着她就这么喊,特别是说不出所以然却心伤得厉害的时候。她有没有用婴儿殉教的典故,我不知道,但每一次只要让她瞧见小孩号啕大哭,她准少不了气呼呼大叫:"啊哟! 无辜得要死哦!"

还是没法,只能试着分散我的注意力,哄我,把屋里最好吃的放我面前,都没用,最后她说:

"你只要不哭,我给你做个娃娃。"

一下子泪珠子就停了。

我半信半疑地瞧着坐在高摇椅上的姥姥。

"娃娃,"我说,"在商店里,做不了。"

"哼,你以为!"话匣子一开,又像往常那样嫌弃商店:"这要钱那要钱,如今什么都要买买买,这风气!"

发泄一通后,她的眼里竟透出一星微光,我从没见过这样的她,像废弃、荒芜的僻处,一点美丽的奇异熹光。那一天,她就这么开始了她的创造,再简单不过。

"去!"她说,"给我拿顶楼的大碎布袋来。别搞错了,高挂在细绳上那个。拿过来,你瞧瞧,我要做的事还能不能成了。"

我还不信,但也好奇,或许暗自盼着逮她个错,便去找大碎布袋。

姥姥翻出各色的边角料,干净得很——姥姥所有的旧衣碎料全都认真洗过才塞进袋里,没有怪味。她腿上,印花棉布、方格布、麻纱铺了一堆,压脚被似的。那是妹妹裙子的碎布,这是妈妈上衣的料,这是我裙上的布,我都认出来了,那是谁谁谁的围裙,倒记不起。好开心,回忆和边角料对上了号。姥姥终于找着块白布,剪成大小不一的几片,做成样式各异的小布袋,一个做身子,其他做娃娃的胳膊和腿。

"现在要填点干草、盐或者燕麦。随你喜好。你要个什么样的娃娃?"她问我,"干草的软一点,还是……"

"哦,燕麦!"我应道。

"那会有点重。"姥姥提醒。

"管它。"

"那好,这样,你去谷仓。我存了满满一袋燕麦,那会儿想养母鸡来着。装一小盘吧。"

我回来时,娃娃就等着填上养母鸡用的燕麦了。这怪里怪气的情景怎么一个叠一个堆起了我的幸福,我完完全全记得。不一会儿,姥姥填满了燕麦,缝合了所有部位,我的眼前已然是个好好的小人样,有手有脚,还有一个顶略平的脑袋。

我终于对造娃娃产生了浓烈的兴趣。

"好,但是你要惨啦!"我说,"头发呢!"

"头发! 你以为!"她无限的创造灵感毫发无伤,让她活力爆满。"哼,那可是我们家的法宝,想都不用想!"

"回顶楼。"她说,"我让人搬了个旧柜子上去,打开右边抽屉,别乱翻,拿团毛线……对啦,你是要个现在流行的金发娃娃,还是跟我一样的白发老太太?"

我挣扎了半天。我实在想要个戴着眼镜的白发老娃娃,心想这得多新鲜。可是我也想要个年轻的娃娃啊。

"你能给我做个金色卷发的吗?"

"那还不简单,"姥姥说,"选你喜欢的毛线,拿了到我房间取毛衣针,再拿个煤油灯。这么说吧,怕你打碎咯,分两趟拿。"

就这么着,做了顶美丽的黄头发后,姥姥拿了毛线针往灯上烤,弄卷了黄头发盖在我娃娃头上。

我再掩不住惊叹。

"你是什么都会做哇?"我问。

"算吧。"她似想着什么,"如今的年轻人,不会就着自己有的,亲手做个什么,享不了那种福,也没那份傲气。都丢了。"

停了一会儿她又说：

"像我，年轻的时候，就不能跑到商店买东买西。我可都是学来的，学来的。"她说着，看向生命远远的来路……"好了，该给你娃娃弄脸了。上桌，踮脚够一够横板上的鹅毛笔和墨水瓶。"

东西都放在她跟前，她握笔蘸墨，先往我娃娃什么都没的脸上勾出眉，然后是眼睛，再是嘴和小直鼻，妙极了。

我开始拍手跺脚，高兴得不得了。或许是姥姥的创造力，让我兴奋不已。真是这样，无论我走到哪里，哪怕是再微不足道的创作——总在惊人处——只要让我看到同样天赋的才华，我心里总洋溢着满满的快乐。

"好，但嘴巴得红红的。"我开口。

"也是。"姥姥应我，"蓝嘴巴看起来病快快的。红嘴巴，这倒有点难。不过我们总有法子……"

我听出来了，她把我算作一分子，越发为她的才华骄傲。

"去看看，"灵光一闪她脱口而出，"我房间的柜里有没有口红那玩意——害怕怕的，那颜色血盆大口似的，这回倒派上用场了。我印象里热特吕德——不，应该是安-

玛丽——上次在我房里化妆落这儿了。"

我很快就找着了，就在她说的那个位置，血盆大口似的口红。

啊，漂亮的小红唇，带点矜持，像淡淡地笑着，这是姥姥画的！

金色卷发的姑娘，蓝眼睛，笑得有些不屑，我娃娃够美了，虽然没穿衣服。

"她衣服呢，"姥姥说，"倒可以用客房里的窗帘边，就放在柜子下边的抽屉里。去找找，顺带翻翻上边抽屉，我觉着里面放了条蓝丝带。"

半小时后，我娃娃穿上了漂亮的飞边白裙，系了条天蓝色腰带。姥姥正往裙子正面缝一排极小极小的烫金纽扣。

"可她光着脚。"突然我就沮丧起来，"鞋更难了吧，好姥姥？"

我带上了谦卑，在她面前，我特别特别谦卑，臣服于她威严的智力光环，灵巧的双手，一心创造时不可名状的傲然的孤独。

"鞋你要皮的、缎子的，还是毛绒的？"她若无其事地问了一句。

"嗯,皮的!"

"行,耐穿。那这样,把你尼古拉舅舅那副黄的旧皮手套找来。在……"

又一次,照她指示,毫不费劲就拿到了黄皮手套。

"皮是店里买的,"她边说边翻过来翻过去检查。"店里尽卖次品,针线不好,粗制滥造。就这个,看上去像那么回事,质量也还行。你尼古拉舅舅年轻时品位怪得很。"她跟我掏心窝了。"这还真是他结婚时自个儿买的。你瞧,谁说东西只能用一次?"她说,"之前结婚用,现在给娃娃做鞋! 他们说我什么都留着,满屋子塞的都是,说我是个老古董。保不准哪天,大可丢到窗外的还能大有用处。"

说着说着,她修修剪剪,做了双最最小巧的娃娃鞋,我还真没见过。

"趁热打铁,"她说,"也给她做副手套。"

夜来了。姥姥要我点灯,拉近了来。谁都没想起晚饭。唯一一次,乱了姥姥严格执行的作息。事大过作息,她也能不管不顾。她还在工作,戴着眼镜,我想她是幸福的。我亲爱的老太,那一时任务紧急,要她从早到晚投入,顾不得歇息,仔仔细细查阅着深不可测的谜样命运。确切地说,完完全全的幸福,或许就因为任务远远超过了眼下一时所需。

"你想好给她起个什么名没?"她透过眼镜望着我,问。

一副老式铁架眼镜。

"想好啦,阿纳斯塔西。"

"哟,"她说,"我想她喜欢这个名字。以前我住的魁北克一个村里,就有个阿纳斯塔西。挺亮眼的名字。不像现在,就随随便便几个字,听过就忘:让,让娜,罗伯尔,罗伯特……以前的人名都好记:费蒂姆,维亚托尔,佐薇,索斯特内,扎沙里……"

这当儿,我娃娃又多了花样。说实在的,没必要再添什么,娃娃够先进了,可能我姥姥就是停不下来。拿块黑罩子裁出旅行用的短披风,然后——有了这个又得配那个——用胶水和纸盒做了个小箱子,缝上了袖珍的小把手。我把小把手塞进了阿纳斯塔西手心里。

还不够。

"还得弄个帽子。"姥姥提议,"出门没有不戴帽的,就算世风日下。"

她让我到转门后边找顶旧草帽,把它拆开。用她一根根得了关节炎的僵硬手指——"这手,做点小东小西可比做大家伙难多了。"她对我说——重新编了起来,极小,却十分优雅的帽儿。

"哇呀!"我惊叫连连,"你竟然会做帽儿!"

"就我们家不远,那湿地里选些像样的稻草,我做过多漂亮的帽儿……再说了,"她讲啊讲,"我打扮过多少人——你妈,你姥爷——从头到脚啊……"

"从头到脚啊,好姥姥!"

"从头到脚……根本用不着往店里跑,管它什么,不过有时候纽扣嘛……就算纽扣吧,我也做过牛角的嘛,锥子钻个洞,不就完了。"

"从头到脚!"我喊。

她把娃娃递到我跟前,草帽由着丝带挂在娃娃脖子上。我幸福得哭了起来。

"好啦,又来这套,全白费了!"姥姥咕哝。

我呢,忘了她多不爱一股脑的情绪和亲热,爬上她膝

头，甩着胳膊箍紧了她脖子，一心热切地幸福着，哭出了
声，简直难以置信。好像无所不知、无所不能啊，满脸皱
纹、苍老的她。我脑海里，她逐渐高大起来，散发着无尽
的孤独。我在她耳边哭嚷：

"你是上帝、全能的父。你是上帝、全能的父。你也
能啊，空手变变变。"

她把我推开，却不见恼火和不耐烦。

"不，我离上帝、全能的父远呢。"她说，"你以为我能
变出个树啊，花啊，山啊的？"

"花可以吧。"

她笑了一下："无论如何我也够可以的了……"

不过，我看得出，把她比作上帝、全能的父，也没让她
不开心。

"因为吧，"想了一会儿，她说，"就他给的那些个货
色，添的麻烦，我还能帮着他弄这弄那，算不错了。人能
做的，我算全过了一遍。家都安了两次。"她说，"踩着你
姥爷的脚后跟，从这头到那头，把那么大个地方全走遍
了。到曼尼托巴又把魁北克做的翻个儿来了一遍，想要
好啊：一个家，这可是个大工程。"她说得实诚。"你想啊，

一个遮风挡雨的地方，一个家，这得多耗事，所有家伙什全堆成堆，跟高山似的，瞧着都心慌。这哪行啊！"

她发觉我在听，阿纳斯塔西就挨着我胸口。她或许以为我理解不了——事实上我是理解不了，但一些话还是往心里去了——她继续：

"您要想问——"这我就不清楚了，她到底在和谁说话——"生活，就这么个样：大包小包堆积如山。幸好一开始不这样，不然，怕也没谁冒那个险；伤脑筋的在后头。山嘛，总是你越爬越见高嘛。而且，'包袱事儿'越多，留给别人，就后人嘛，也越多。生活，这工程可完不了。就这，你要帮不上什么忙了，被人排挤到某个小角落待着，十根手指都不知道干吗了，你说你还晓得什么？"她问的是我，但没等个答案便教我："好啦，人就这样，烦得要死，说不定到头来还舍不得'包袱事儿'，这你能明白点吧？"

"不能。"我说。

然后她似乎惊呆了，原来我一直好好地蹲在她脚边，眼都不眨。

"你生气了，嗯？"我问她。

"管好你自己。"她说。

但过了一会儿,她又云游在梦里,对我说起她最爱抱怨的那一个。

"你姥爷艾利泽,自个儿说走就走,也不等我,好家伙,他闯天上去了,剩我一个,西边地里流亡。"

"不是流亡,"我纠正她,"这是我们的家,曼尼托巴。"

"然后他那一家子,"她继续,"你啊,还有其他那些,都独立去了,不闻不问的,都是群游子,哪个都自私。上帝不也一样!看嘛,"她说,"他真要弄出些乱七八糟的烦心事,神父说再多也无济于事,跟常识一样,光给上帝找理由。"

她唠唠叨叨,我眼睛都快睁不开了,挨着她双膝,怀里抱着娃娃,瞧着气头上的姥姥骂天。梦里,上帝、全能的父,挂着老长的胡须,恼羞成怒的样,让位给姥姥,看她贼亮贼亮的眼睛锐气四射;变成她坐在云里,翻云覆雨,颁布一道道圣明、公正的法令。从此以后,不幸不再,世界完满。

很长一段时间里,我都以为,世界完全没可能是个人造的。但是,一个心灵手巧的老太,怕可以。

II

过了些时日,说起我强悍的姥姥,妈妈竟总是忧心忡忡。

"像她那么横冲直撞的,我就没见过。"得知姥姥自个儿待在孤独的小屋里,妈妈说道,"她掀起地窖盖就跳上跳下,那髋骨还是裂过的,天晓得她会在里面待多久,生怕她再也出不来。"

我简直诧异,哪来那么多担忧,要我说,我姥姥那样的,绝对坚不可摧。

有一天妈妈脑中闪过不祥的预感,又一天,梦见姥姥在个井底喊她。

终于,一天早晨,妈妈起床后,决定当天就去找她妈妈,把她带回来和我们一起生活。光想着姥姥一来,一件件漂亮的手工又可以跃然眼前,我已经乐飘飘了。

就妈妈一人空落落地回来。

"你们猜,我瞧见她时她在忙个什么?"一回来帽子没摘,一屁股坐下就开始讲她有多沮丧,那感觉像还在姥姥家里,没缓过神来。"一想起我就！这个时候,地又冷又湿,你们想想,她竟然在地里——她喊说是她的牧场呢——翻土。"

我吧,不觉得这有多可怕。每年这个时候,不都见着姥姥在翻土吗,我想她应该很爱干这个。

"对吧,都这把岁数了,"妈妈说着说着,火冒三丈,"她还搞了个大花园。"

我问她:"说到底,妈妈,您不觉得这很有意义吗？一个老太太自己种了那么多蔬菜养活了整个地方。"

要是姥姥,照她性格会说:"我的那些个蔬菜,你们要能有点,说不准也乐呢。"再比如:"这是我的事……"

妈妈绘声绘色地学着姥姥的口吻把这话说了一遍,接着用她自己的语气说:"我觉着也关我的事呢……"

听她这么一说,谁都能明白发生了什么事,妈妈就有天赋把两三人你来我往的议论搞得热烈生动。

"'你们少来那一套,尽瞎操心'。"妈妈把姥姥回给她的话重复了一遍,又说,"我回她说,'哈,现在啊,别自个儿瞎操心！'"

那时我多爱妈妈这样讲故事，现在想来，乐趣蒙住了我的眼睛，我并没有意识到，故事的底色，很悲伤。

"她老了，真是不敢相信。"妈妈说，"我看着她走来走去，一下就发现了。好奇怪，一天天、一年年这么过着，表面上谁都想不到父母老了，然后猛地一下，就再也回不去，也弥补不了。"

好了，因为她的妈妈老了，妈妈也一副老人样，流下泪来。

不过挺怪，妈妈要我们看看她的老妈妈，却似乎想让我们先看看她年轻的模样。

"你们晓得吧？那时候人人都说她是个极美的人。"

不，我们不晓得！

"……滴溜溜的双眼掩在乌黑浓密的发丝里。一颦一笑！那记性！像什么都放到了抽屉里，好好摆着，井井有条，日期呀，名儿呀，什么都妥妥地安放着。出类拔萃的人儿呀。"妈妈说。

"现在呢？"我问，还想着抽屉。

"举个例吧，"妈妈说，"一天之内，光我的生日和年龄，她就问了我两次。"

　　我倒不觉得这有多不好，或许我习惯了姥姥老要问我："你几岁?"还问我名儿呢，这我承认，当时心是抖了一下。但我最搞不明白的，还是妈妈。说起年轻时的姥姥，她神色莫测，半是哀伤，半是温存，但马上就只剩哀伤、崩溃。一个人一会儿说着现在，一会儿又说着过去，进进出出回忆，就这样说起另一个人，我完全没法理解。老了的姥姥，说不定还会再老一点，这我能接受;但你说一步一警惕，有着火一样双眼和浓密黑发的姥姥，我想象不出。我想，大概那时的我以为姥姥生下来就老。

　　妈妈说回到无奈离开姥姥的时候，她根本不想留姥姥一个人，但有什么办法! 她的妈妈还跟往常那样，顽固不化，自顾自地说还没准备好抛下手中的事，不想"放手"。感觉她特别确定，自己还得再活个十来年。要是活不长了，她也想好好利用剩下的时间随心所欲地活。

　　"你们说我能不能同时两地待，这儿需要我，那儿也说不定?"妈妈问我们。

　　"不能。"为了安抚她，我们对她说，"没人能同时两地待。"

　　她感激地回以一笑。她最受不了的，据她自己说，是自己竟然感觉快要赢过了姥姥。

"你们想啊，我站在门口，戴上手套。清早的天，灰沉，没有生命的迹象。这是早春啊，那儿却跟秋天一样，光秃秃一片。你很难想象生命还能有丁点的起色。我发誓，那时候，要我说……心里大起大落，空荡荡的，我记得很清楚……但就那会儿，天上一行迁徙的飞鸟，你们姥姥抬起了头。这是我最恨自己的地方，你说这春天，交付大地的幼小的种子，她的风轮草，头天夜里她常念叨的'圣-约瑟'。不管怎么说，亲眼看着我离开，她还是怕了。"

"你下次还来吗?"

"来的，妈妈，但您不能老这么固执。很快就该您去我那儿了。"

"'再说吧……再说吧……'她就这么说，竭尽全力不让我看出她晕头转向，找不着北。就在门槛那儿，她看着眼前自己抱怨了一辈子的不毛之地，说她烦得要死，永远都适应不了，那儿从来都不是她的家……我心里却想，到了现在还那么恋恋不舍，不就是为这大片的原野，她的宿敌，她假想的敌人。"

Ⅲ

我看,那天过后,就是美丽的秋了。也不见我悲秋。白昼很短,总是昏暗,但屋里一直烤着火,我们吃着南瓜馅饼,剥点榛子、玉米,还会往窗口放点番茄,等它们成熟。有些时日,大锅里温火熬着料汁,整屋浸透着香气。院里木锯哼哼,两个调,先是清亮,一咬上木头就变得闷沉,像在乐呵呵地允诺:"我给你们砍多多的柴火,一整个冬天够够的柴火。"整个那段时间,家似准备启航的船,似就要沦陷的城郭,满满的储备:腌菜、魁北克枫树糖浆、不列颠哥伦比亚的红苹果、安大略的李子。不久,又收到了乡下舅舅寄来的吃食:鹅肝、火鸡、十二只鸡、火腿和肥腊肉,几箱鲜蛋和农场产的黄油。夏天的厨房摇身一变成了店铺,我们只用整天泡在里面,霜冻冻住了保鲜期。丰足的秋就是畅爽,或许那时我就知道了什么叫安全感。可是,原本大爱秋天的妈妈,这一年却忙上忙下,像是不乐意了。要我说,她一心拴在她妈妈身上,心里不快活,还染上了忧愁。她说:"她也得自己收黄瓜、西葫芦,能存多少存多少。有什么用! 干一堆活儿干吗! 老可怜!"我心里一咯噔,真是太悲伤了,橱柜满了,吃食挤得咯吱响,地窖里浓浓白菜的味儿,还有醋栗酱,哪儿哪儿都是吃的,就是没人吃。

白昼越来越短,越来越合我的味。和那儿所有的孩子一样,我盼着雪,愿睡梦里一片一片雪花纷然而下,一个银装素裹的纯净世界等待着我,我想我最爱这样的时节;待春来,雪水千千,涓涓而淌,我想我也爱这样的时节。

一天早晨,爱所有季节、爱过冬的妈妈,透过窗子看到外面下了点霜,抱怨了一声:

"冬天了! 多悲凉!"

当天她就出发,像她说的,再晃一晃那棵老树。其实她是说,使尽浑身解数说动姥姥。

两天后,天真是不好,不过应该说:"好一个不好的天!"因为于我,那天多好啊! 我看着雪蓬蓬地长,风里飞,纷纷扬扬到天上,不断变幻,怕有点魂儿,我觉得我听见雪在幸福地唱,风暴给了它翅膀。飞舞的雪花把窗边的我看呆了,却见街尾,一个老人帮着个更年迈的下了电车,两人一身黑,年经一些的提着一个箱子,打了一把旧伞。我永远也忘不了那一晚,我的妈妈和她的妈妈回来了,银白的世界里两个黑幽幽的身影。

刚帮她的妈妈摘了"宽边软帽"和"短披风"——自始至终姥姥的用词都和我们不一样——妈妈带她到大大的老椅上坐下,之前就给椅子加了软垫,姥姥来之前都不让我们坐,说:

"那是她的椅子,至少给她留个椅子。"

姥姥看上去却没那么喜欢。

"你以为,"她说,"我下半辈子就这么坐定了?"

"不啊,"妈妈说,"您走您的,爱干吗干吗跟家里一样。"

"跟家里一样!"姥姥回了一句,失神地打量着四周,"休想我老在这待着。"

从这一刻起,妈妈的态度算把我们惊呆了,老和她妈妈对着干的妈妈,恢复了往常的调。

"妈妈,您想待多久随您。"

但私下妈妈跟我们说,收拾行李时,姥姥若无其事地把"家什"全都带了来。

姥姥的家什,最好的床单、内衣,耗了好长时间来做,以备"将来"某一天能用上。会是哪一天呢? 为什么要等那么久才用"上等的家什"呢? 不过也真是,那时的老太太忙活的可是另外一回事。

我呢,爱冬天爱得不行,有大堆事可做:造雪堡垒,堆雪山,坐在小雪橇上滑下来,甚至可以一直玩到晚上。雪橇头上安着照明灯呢,旧罐头盒做的,里面放支蜡烛,借着缝儿闪着光。哎,事儿真太多了,忙得我丁点儿不见一天一天姥姥都成什么样了。回屋时,我脸冻得通红,两眼烁亮,一股脑地兴奋,只见厨房深处,一个老人深陷在椅子里,一双眼睛死死地盯着我来来去去,一脸莫测。我总是想,雪夜里妈妈带回来的,怕不是我真正的姥姥。妈妈怕是弄错了,带了别人来。我真正的姥姥绝不会待着不动,她总是说,瞎待着不动会死人的。

不过有一天她恼了,嚷着要事做。

"做事?"妈妈说,"做了一辈子还不够?"

这么说着，还是递过些餐巾给她缲边儿。

老人呢，就我们家一角坐着的老太太，检查起布料，到处扯扯瞧它牢不牢，最后说是远不如她那时织的。

其他时候，她双手总是摸着料子，衣服料、窗帘布、家居布，又看不上眼，说就是些"破烂玩意"，照她说，我们家所有东西都是店里便宜的"破烂玩意"。有几次，我竖着耳朵听见她嘴里冒出的一些个词儿，一时间我以为又听出了姥姥的声音。

但马上又是一阵稀里糊涂的咕哝，我又想：认错人了。

给她缲边儿的餐巾完全没进展，我们家这老人倒是记着织些没人再穿的黑色长筒袜。织到脚后跟的位置，全乱了，她又怪现在的毛线不行。妈妈偷偷地拆了线，自己织了一遍，留出她妈妈没织的部分。这位呢，还是发觉了，抱怨夜里来了恶作剧精灵把她毛线弄得乱七八糟的。我吓得一怔一怔的，我都早就不信恶作剧精灵了。妈妈解释说，姥姥小时候就信有恶作剧精灵，到老啊老的，又回过头信了。

看嘛，不又把我弄乱了嘛：说起姥姥，一会儿说是老人，一会儿说是老小孩。我还在将信将疑，我家住着的是她吧。不过我开始近距离研究她。但她又只能说几句，如果那也叫"话"的话。妈妈却怪我们没好好听姥姥说，早晚我们会后悔没有悉心聆听一个生命最后的倾吐，人一生当中难得这样的无价宝。

有一天，她俩自顾自地说着，我听到了话中的无价宝，她俩是这么说的：

妈妈："到了您这岁数，妈妈，生活是什么样呢？"

姥姥："梦一样，我的女儿，多不过一个梦。"

又一天，妈妈放下手头的工作，挨着姥姥坐着，贴着她的耳朵听她说，细细地看着她唇角的每一个变化，投向我们的目光，既悲伤又得意。

"知道她刚才跟我说什么了吗？（因为到了现在，姥姥似乎需要个翻译，而妈妈又最合适。）她跟我说：'埃夫利娜，你还记得吗，阿松普申那条小河？'"

阿松普申河！算不算我人生当中第一次听到呢？

"那条小河流淌在她出生的山岭。"妈妈解释说，"我没想到她那么想念。不过你们想啊，阿松普申河，那算是你们姥姥的青春啊，远远的魁北克啊。"

　　想什么呢？阿松普申河，还在流淌啊！我想象了一下，漂亮的任性小河，人们都这么说，有时欢快，然后突然一下，慢悠悠晃进小河湾里。但其他呢——心直口快、勇敢、双眼洞亮的姥姥呢，怎么丢了呢？像人们说的，那就是最好的她啊。

　　这时节，我玩得不起劲了。常常没有任何原因就往家里跑，就想看看有没有发生什么，看一眼分分秒秒都在失去的老人。

　　终于有一天，不知怎么，我们就在她跟前谈论起她。妈妈要我们收敛点。

　　"不定她听着呢。她眼珠子一直绕着我们转呢，说不定心里把我们说了一遍呢。"

　　一天晚上，妈妈搀她去睡觉，她妈妈一把揪住她，在她耳边嘀咕。

　　"没法过了……管不着了……要我走啊……"

　　"走啊！谁不是呢，妈妈，总有一天，谁都要走的。所有人都得走。"

　　真是我姥姥吗？那一天，我天真地以为见到了上帝，全能的父，不然至少也是他手下啊，她活着的每一天，应人类所需，在这世上装点着，这不才是我亲亲的姥姥吗？我开始懂了，世上只有一个全能的父，但为什么，像妈妈说的，有时候他让我们完完全全地无能为力呢？我勤劳的姥姥，全身瘫了，躺在床上，只有眼睛还活着。至少妈妈这么肯定：

"我肯定她还有意识。可怜呐，多陪陪她吧。"

但是只有她有法子。褥子下一大块，一动不动，她看着，还在喊着"妈妈"。我不知道自己有多慌，我面前已经衰老的妈妈，用童语喊着一个不能自己吃喝的人儿。我感觉对于岁月，对于童年和老年，自己已经乱了，似乎永远也走不出迷雾。妈妈像在照顾一个婴儿，但又要求婴儿对她说："安心吧，不是吗？该做的您都做到了。别怕。"

这期间，有时她反应过来，我老在她腿上，似乎没我这负担也够她受了。她试着摆脱我，态度倒和气："去，外面玩去。"我看她眼里满满的怜悯，不仅对我，或许对所有人，就连妈妈，如今也同情起全世界来了，也难怪全世界在我看来都需要人同情。

　　她很少能摆脱我。比起寻常的游戏,我更爱妈妈玩的这一套,挨着她妈妈坐下,问她话——怪模怪样的你问我答,因为就没回答:"不来一点吗? 特意给您熬的母鸡汤?"

　　有时她两眼一闭。我呢,觉着她是懒得回答,但妈妈觉着她在说:嗯。于是赶紧舀一勺。她很满足,还能为姥姥做点什么,像她说的,姥姥为她付出了太多。

　　更多的时候,她两眼放空,离我们好远! 妈妈很难过。

　　"但她总该有点念想吧。是什么呢?"

　　"她想要什么? ……"轮到我自言自语。"一个人,除了眼睛,一无所有,会想要什么呢? 说不定想看看什么吧。什么呢?"

　　有一天,我在姥姥房前自个儿待了一会儿,扭扭捏捏地进去。一开始隔床老远,东张张西望望,瞧着漂亮的花边窗帘,那是妈妈刚才从抽屉里翻出来的。两个节省的女人,姥姥是这样,她也是,我瞧着,总是一推再推,到了最后才用上好东西。终于,我大着胆子瞭了一眼姥姥床那边。撞上了她的眼睛:浓郁的棕,仍然很美,像在唤我靠近一些。我想就是这一刻,我终于明白,那就是我真正的姥姥。我挪了几步,嘀咕了几声,像还没十足把握,又或者心里有点怕,咕哝了一声:"姥姥。"

想着像妈妈那样问她:"您饿吗? 渴吗?"但马上转念一想,姥姥怕再没胃口了,她渴望的,如果还有渴望的话,应该是别的什么。

都怪妈妈,她妈妈不听劝的时候,老说要晃树,但这一刻,姥姥也确实让我想到了可怜的老橡树,远离所有树,独自守着一个小小的角落。可能也怪这段时间,我老有个奇怪的念头,某种意义上,树也抱怨吧,困在硬皮里,脚陷土里,哪也去不了,虽然心里想着。但是谁能想去哪儿就去哪儿啊! 我思绪飘着,换我挨着姥姥坐下,想象着树,思考着。眼前乍现一个奇特画面:我想我看见山丘上,矮矮的小树,或许生自老树,每一片新叶在山谷里窸窸窣窣。就是这景象,激发我灵光一闪。我跑到客厅找相册,大大一本,裹了蓝丝绒,挂着烫金的锁。我爬回楼上,相册紧贴着胸口。又靠床坐下,一页页地翻着。

每一页,一见人们所说的"姥姥的后代",我就把相册

放在她眼前,说:

"世上还有你的家人呢,喏,姥姥。瞧!"

忽地又想起来,早两年,还在她家时,她就已经分不清孙儿谁是谁了,于是我一个个报着他们的名儿,要可能的话,再把名儿和样儿对上号。我想这样一来,姥姥总能记住她所有的亲人。

好消遣,我心一热,乐在其中,不想错漏任何一个,尤其到了一百,我那时十分看重一百这个数字。有一百那么多吗?说不准,如果把死人也算上……但是能这样吗,把死人也算进我搞的名单里?好像不能。我连死是什么都不知道。在我看来,死就是消失了,不在了。某一天,大家都在那儿……换了一天,都不在了……再说,相册上死了的人,有些我根本就不认识,提起他们也难受吧?但是,报的名儿越多,好像她越觉得热闹。这么翻着翻着,我看到了她,那时她还年轻,坐在丈夫身旁,孩子成群,有的站她身后,小的蹲在她脚边。我完全沉迷在这张老照片里,忘了周遭的一切。透过她,我想,我开始有了点儿模糊的认识,对于生活,还有岁月流逝中一个个变化的我们。我看着相册的眼睛看向她,比对着。不怎么像。留

在相册这一页上面的照片不再像她,我指给她看,对她说:

"您那时真美。"

因为她的双眼不再有光?是吧……那一刻我看见妈妈站在房门口。她来得无声无息,应该已经一动不动地站了一会儿,她看着我,听见了我的话。她淡淡地笑了一下,忧伤而温柔。

但是为什么她看起来对我很满意?我只不过在玩,像她教我那样,也像有一天姥姥跟我玩的那样……像我们所有人一起,你和她,我和他,一起玩耍,一起穿过生命,伸出手想要遇见……

老人和小孩

I

姥姥死了，我伤心了很久。一个奇怪的夏天来了。想要心里好过点，我认识了一个温柔的妙老头。

他住的地方，离我家不远，在一个小小的斜坡小街上。穿上我的旱冰鞋，要么带上小铁环，我就乐得往那儿去。冰鞋往那儿一滑，铁环一滚，比什么都快，我也快，耳边风呼呼地吹，忧伤也散了点。

就我发现这街有下坡，有些往下陷；就算我说了，也没人信。

但我遇上老人那天，速度不是太快，恰恰相反，是踩一步都费劲，因为我踩着高跷来的。那时候我们那儿，小孩怎么就喜欢上踩高跷了？（我们那儿平得跟手一样，干巴巴的,一点坑坑包包都没有。)为了往平平的平原远处瞧瞧?……要么再远一点,一直通向某种未来?……

我走一步都困难,热烘烘的小街,一点声音都没有,完全睡着了,叫人觉得里里外外都没个活人了,就那老人,总是坐在笔直的椅子上,在稀疏的草地中间,小小的枫树下纳凉——那还是整条街唯一的一棵树,所以出名得很,比起城里其他树。

老人老远就瞧见了我,踩着高跷太显眼。此后他的生活好像就用来瞧我怎么走了,好好的一双天蓝色眼睛跟着我每一步,给我鼓劲,我遇上麻烦了,他跟着操心。

我走近。

生活总这样,太想好好表现一番,对得起观众善意的关注,然后就像我这样,落脚一空,啃了一嘴泥。

哎,只见老人脸上一阵青一阵白!他跑了过来,扶我站起来,抖抖我裙子上的灰,看了看我膝盖上的伤,心切,又不怎么明显。他赏识我的勇气。确认伤没大碍后,他夸我努力。

"踩高跷啊,不是谁都敢的。得机灵,镇定。当然还得年轻。"

"您呢?"我问他,"您小的时候——那得是几千年前的事了吧——您试过没?"

"没。"他回说,"我想一瘸一拐来着,还想要根拐杖。"

那他可以算我的同道中人了。有段时间我也想故意一瘸一拐走一大段路来着。之后,我俩几乎无话不谈,语气从没生硬过。

"好热。"我跟他说,擦了一把额头的汗。

"太热了。"他接了一句,"在外行走的人更热。"

那时他就知道我在外走着,在遥远的外国。

"再见。"我说,"我要追其他人去。"

他掏出表,看了看,舌头抵住上颚,干瘪瘪地嗯了一声,但看他神情,惊恐,不安。

"也真是,晚了,你们还有大把时间,大把时间……"

第二天一大早,我起来赶紧跑到小街。拐个弯,就见老人已经坐在枫树荫下。我往栅栏那儿一站。

"早啊。"他对我说。

"是挺早。老的小的都挺早。中间的老待床上。我们呢,小的小,老的老,没那个闲工夫,嗯?"

"没那个闲工夫。"

"你今天走路?"

"嗯,走路,我得去老远。"

这逻辑,谁听了都得吓一跳。

"今天你是谁啊?"他问我。

那时他就知道很多时候我不只是我自己。别人和我说话的时候,我要么是个中国洗衣女工,到处收脏衣服;要么是个意大利老商贩,有些场合为了表明身份,我还会习惯性地飙几句自以为的意大利语:banania,banania……我还可能是位公主。不过今天我可不是一般人,是个响当当的大人物,我自己都忍不住直嚷:

"拉弗朗德雷。我是拉弗朗德雷。"

"哇呀!哇呀!真是个人物,拉弗朗德雷先生。哇呀!加拿大最大的探险家啊!我要没弄错的话,可至少有一百年没在这儿见过他啦。"

"一百年至少……我得到西边开疆拓土,一直到落基山那边。"我说,"路上我要没死的话,今晚之前我应该已经为法国国王控制整个西方了。"

"哎哟,多好的主意。"老人啪啪鼓掌,"赶在英国人之前,把我们的旗帜插满这片土地。一路顺风,一路顺风。"他为我送行。

我和他道别。

他呢,接着问我:

"要大事已成,大业可图,您还会再来此地吗?"

"当然,先生。"我答应,"我会回来此地,向您汇报。"(我从我爸那儿学来的,太喜欢这么说话,搞得什么都要汇报。)

"因为,您瞧,拉弗朗德雷先生,"老人对我说,"我呢,已经过了长途跋涉的年纪,我人呢,是去不了哪儿了,看不了风光和世界了。但是,您要能给我描述一下,也当我见识了。"

"我要来。"

"一定?"

"一定……"说完我快马加鞭赶向一小片橡树林,一小段路后,就算看到田野了。

我在那片小橡树林里找橡栗,一副忙样;实际上,就为耗几分钟,探险怎么也得费些时间嘛。至于待会儿要讲的故事,我倒不愁,即兴发挥我也能稳稳的。但我坐着坐着,到处是小小的阴郁小树,忽地没了心思,也不知我究竟干吗来了,为啥来了。这个夏天总这样,玩着玩着脑海里就浮现姥姥的模样,还像我见她时一样,躺在棺材里,脸僵得跟石头一样,围满了人祷告,听着那调子,我心都碎了。不明不白,倏地一下,脑子里闪过一个疑问,我弄不清是什么,也看不到什么,但一次又一次,让我越加忧心。或许我还没真正明白,我们谁都会这么结束,那就是最爱的人留给我们的最后一个画面,但我感觉挨她很近,近过对看着她满布皱纹衰老的脸庞。是不是就因为这样,因为我知道他们不久就将离去,所以那么珍惜?但他们呢,老人,又怎么会都向着我?还没定型的小小的手,一点点萎缩的苍老的手,本来不就应该交叠在一起?……"自然",解释了奥秘,也解释了同样神秘的生命,以及棺材里的死亡。

顶多过了十到十五分钟,我从落基山那儿回来了,又站在栅栏那儿。

"我都瞧见了。"我亮着一双眼睛宣告。地板一样乏味到底的曼尼托巴,冗长的地平线像是被我一下子瞧出了惊人的梦幻。

小睡了一阵儿的老人直起背来。双眼莹莹闪着,好像星星火光。

"怎么可能! 您去了那么远? 您瞧见落基山了? 呀,快跟我说说。"

我给他描述了一番,说山,山高过电话信号杆,还瞥见了一群野牛在路上,还跟他说,我日夜不休地赶路,真是饥渴难挨。

"这我能想象。"老人说,"您这征途多凶险啊! 起码您做了必要的预防措施吧……对了,那边热吧?"

"别提了,还不如什么都没呢。走了十天,尸横遍野,累累白骨啊,动物和人都死完了。尘土飞扬,呼吸都困难。"(这是我书里看来的:《瞧见没,安娜? ——尘土飞扬》。)

后来我问他:"什么是'尘土飞扬'?"……老人解释了一番。

II

那时所有人都说,曼尼托巴从没,绝对绝对从没这么热这么绝望。不过,我小的时候,这话好像每年夏天都要听上那么一次。可怜呐,前脚才踏过隆冬,后脚又踩进了滚滚铁水,简直是火上烤啊,好像就要给你点颜色瞧瞧,谁要你天冷的时候还满嘴牢骚来着。"哈,冻成冰了哈,冻麻木了哈,您嘞。"夏天咧着嘴说,"好了,现在让您尝尝,什么叫热。"

我的好好老头,只剩一层皮了,多瘦,即使没胖子受罪,但他也难熬,坐在他的树下,报纸一折,跟自己脸前使劲扇出点风。

活动范围虽只那么点儿,树底下——要么远点儿,街上晃几步,但他一身穿戴整洁,像总在原地,待谁大驾光临。这谁,他跟我说过,说来就来。总有一天要来,冲着他来,一个人孤孤单单在这无声无息的街上那么久,够可以了。后来,老人又老实说,即便他一直等啊等,做好准备待在原地,但它绝对会一下子跳出来,才不会告诉你。

所以,无论在他的树下还是哪儿,从没见他衣衫不整,每一颗纽扣扣上,打上领带,一袭黑西装,血管暴起的老手时不时平一平裤腿折痕。他白胡子上看得出发梳痕,就连耳朵他都爱干干净净打整一番。我想起他老有个小动作:小指伸进耳朵,搅几下,抖耳屎。还有呢,从早到晚他脑袋上都顶着优雅的黑边白草帽,他说是"海岛买的"。

有天晚上,我妈说,凉了一点。只见老人像我刚描述的那样,在我们街上走着,拄了根拐棍,步子很慢,身板儿倒直,昂着个头,夜里的露,把我们院里的花儿都扶正了,好像让他也焕发了点青春。

"那不是圣-伊莱尔先生吗?"妈妈叫出了声,然后问道,"您好啊,圣-伊莱尔先生?"

那时候就我知道他耳有点儿背。就见他亲切地笑了一下,回说:

"对啊,和风正爽……"

"您孩子呢?"妈妈向他打听,"都好吗?"

这次老头听明白了。

"好,都好。"他说。

至少,就他最近得来的消息来看,他们都好,不过那"最近"可真不近了。

她一句,他一句,我也说了一句,装作和老友不熟的样子。为什么?为什么这反应?老人说不定难受了,眨巴眨巴眼睛不就想看看门廊里坐着的谁是我吗,说不定走到我家跟前就是为了找我呢?可能我嫉妒了吧。也可能是为了守住他的秘密,我俩相处时他倾吐的所有秘密。但有一点很肯定:我已经开始讨厌妈妈嘴里念叨的他那些个女婿、儿媳了。说不定之前,我就以为在这个世界上,老人只有我,我就是他的一切。

等他稍微走远了一点儿,妈妈叹了口气。

"可怜的圣-伊莱尔先生,"她说,"养活了一家子,如今哪儿不像个孤寡老人了。"

那一晚,我才知道,他不能待在自己心爱的、疼着的女儿那儿,因为和女婿有"刺儿",也住不了自己儿子那儿,因为和儿媳闹矛盾。所以他只能寄宿在陌生人那儿。

"这么个状况,或许最好也只能这样了。"妈妈退一步说道,"可怜呐,就他那固执己见的性子,而且我担心啊,人一跋扈、霸道吧,生活就不大容易啊。"

我一横,对着妈妈。她以为我能接受她这样说我亲爱的老圣-伊莱尔先生吗?

"年纪轻轻就从法国来了这儿。"她还说。言下之意是他法国人的出身很能说明点问题,怪不得他行事让人受不了呢,不过她还有层意思,也为他是法国人,她就觉得他有意思呢。"在加拿大结了婚,"她说,"成了家,赚了一大笔钱用来做通心粉啊,面啊,好多个牌子。富养大的几个孩子,几乎把他给吃空了。换个有点远见的法国人,怎么也得保点本养老吧。但他就是没这远见啊。"她下定论了,"哦,以前在家他称王称霸,现在可好,一个小老头,都黄昏了,自己走来走去,像找谁似的……唉,我们街上……"

后面这些话听得我慌了神。我想,他等了好久的那谁,说不定趁他不在的当口儿终于到他家门了……都是因为我,他怕是错过了……后来妈妈再说圣-伊莱尔先生,我左耳进,右耳出,全当靠不住。他根本不是什么刁老头,早年"意大利面"也没让他"腰包鼓起来",我一个字

49

都不爱听。首先,腰包怎么可能鼓起来?

　　当然,第二天,平原又开始蒸腾。早早就得起来,可受不了一直待在床上,阳光热滚滚地来了。但头天晚上又不能提早睡,热浪得花时间消。所以睡眠就那么点,谁都有点儿神经质。

　　我们这地儿怪啊,冷起来又特别冷! 但多数时候你又不能盖太厚,披个皮毛什么的。像现在,我们又比其他人惨啊,吐着个舌头,哪凉快哪旮旯里蹲着去。

　　每天一早,出了门廊,用不着温度计,吸口干气,妈妈一嗓颓丧:

　　"今天得有华氏 98 度,不定还 99 呢。"

　　这一早,她说有 100,我还是觉得比 99 好。

　　她忧心地瞧着我。

　　"哎,"她说,"要能带你去乡下多好。"

　　我当然想啊。毕竟在曼尼托巴,谁都盼着有自己眼下没的:冬天酷寒了,就盼着阳光闪闪烁烁;阳光猛晒,又念着好多好多的雪,来点凉气。所以我们那儿活得啊! 况且我猜,全世界都这样,人生在世,不怎么满意现在,一心盼着未来，又悔不当初。老天多好，不管怎样，任何角落，未来和过去这两扇门始终为我们开着。

而且，热比不得干旱，那才叫遭罪。蔫完了，死光了。来点小雨都能拯救生命和园子。点麦的时候不要雨吧，却猛下；要它救救还在往上冒的生命吧，又不来，一点儿动静都没有，没点儿盼头。

浑身不自在，我就去找老人了。这段时间以来，无心玩乐。我脑子跟静止的夏天里晃也不晃、颤也不颤的叶子一样。后来的日子里，总有这样的时候，熬不住地难受，忧伤也失了颜色，比起麻木，也不能说是无动于衷地随着自己左思右想。

老人头顶那棵小枫树，硬挺得跟园里的遮阳伞似的。真是美：一棵树成了遮阳伞，但又不仅仅只是一棵遮风挡雨的树，像有无数只指头，闹着扒开一片片叶，要往下看。我瞧着呢，叶子有没有扯开条漂亮的小缝儿，现出一线蓝天。没。下面的气悬着不动，老人一个人在喧嚣里呼吸。

他手抚上我的额头，我就坐在他脚边黄了的草地上。第一次他终于伸出手小小地亲热一下。

"你多烫啊。"他关心我。

我看他的脸,像年久干旱的土地,沟壑纵横,一道沟里滑下一丝汗——这是干涸的老土地上,有也等于无的一点润。

"您还不是。"我同情他。

他沉下眼看我,什么都能看穿的眼神,但也亲切。他问我:

"怎么搞的,你没去乡下?消沉又消瘦的。你得喝点好奶,呼吸多多的新鲜空气。乡下没人招呼你吗?"

"哦,有。"我说,"乡下我家好多人。"

"嗯,然后呢?"

"嗯,就这样呗!"我说着,胳膊往天举,奇怪的泄气姿势,从我一姑姑那儿学来的,她是天天不顺心,凡事不顺心。

这姿势一比,我瞬间成了个老太太,圣-伊莱尔先生呵呵地笑,像瞧见了一生最滑稽的画面。

"嗯,这样是怎样呢?"

"嗯,这样:这个夏天,我妈筹不到钱。"

"她能筹钱啊,你妈妈?"老人问我。

"有时吧,实在需要的话。"

"她筹……得到处找吧?"

"啊,那倒不是。"说着,我轻轻笑了,脑子里突然闪过一个画面,妈妈一手提着灯,每个暗角里都翻了个遍。"不是的,她不找就能筹钱。就这次没成,太贵啦。"我解释了一句,"送我上火车坐到我们亲戚家乡下。我们运气好着呢:有好几个农民舅舅。妈妈想着假期一来,说不准哪个舅舅就坐着车来城里办事来了,我就可以搭便车回去,一分钱也不用花,多好。但谁都没来。现在呢,太迟了,他们都该忙着打麦子了。眼下他们是不会来了,除了备冬货。希望呢,至少这夏天,算死了。"

"呸,呸,呸,永远别说希望死了。死不了的,希望。"

"不会?"我有点高兴了,"不会死?"

"就我看,怎么也死不了。"

我看准,他太懂了,既然他都保证了。

他又问我:

"你舅舅家乡下,什么个样啊?"

"啊,美极了!"

"是啊,多美!"

我太爱这话题了,老让我学校小作文得高分,都跟温度齐平了,要么 98,要么 99。

"我舅舅家乡下,"我深吸了一口气,像要去老远似的,一开口说了好多事情,却发觉,天呐,我怎么也说不好自己爱的……但我还是继续,"那乡下可比这儿高多了。我说的湖拔啊。"我试着解释了一句。

"海拔。"老人纠正我。

"……海拔,"我跟着说了一遍,"那儿空气很好,很活。一到我舅舅家,饭都要吃两倍,我觉着什么都好。"

我想了一会儿,手摸着下巴。心里一乐,眼前又浮现克莱奥法斯舅舅的家,紧紧环绕着可爱的一片小树林,一棵棵小树朝气地摆动,整个夏季的白天,一丝一毫都是它们窸窸窣窣的耳语,叫我一早醒来带着哭腔喊:"瞧嘛,下雨了!"大家都笑了,城里来的小人儿,还分不清雨声和类似的声音嘞,实际上那是树叶,一点点风吹它都敏感,安静不了。他们说:"没,正相反,天气好着呢,是风在动。"——"没风啊。"——"有,一点儿,树叶在晃……你听……"

想到这我肯定笑了,所以老人叫我说说想什么呢。

54

我要对他说,说小树林调皮得很,每个夏天,就算我已经习惯了,还要捉弄我,叫我以为下雨了。但我转念一想,迷在另一个回忆里,于是和他说起了麦子。

因为,一出舅舅家那片林子,人就站在了一望无际的开阔原野边,满眼沉甸甸的粮食。舅舅那儿,可爱的太多,永远也说不出个"最"字:晃晃的小林,护着我们,是个隐身地,像家里一样;还有一览无余的广阔风景,唤人踏上旅程。不过就像我舅舅说的,都美,腻了这个,看看那个。

"你晓得吧,"我说,"我克雷奥法斯舅舅有差不多一千平方的麦田啊。"

"挺大。"

"挺大,麦子长高,长结实了,我们就在里边躲猫猫。我啊,看谁也找不着。"

"能想象,"老人说着,神色却有些受伤。他问我,"这么撒丫子满地跑,多好的麦浪啊,不都糟蹋了吗?"

"有点儿……我舅舅也不老随我们……不过没事啦。"

麦子长到顶了,我自己折腾几下就够乐了。而且这么大一片儿，一丁点儿风就漾起轻轻的晃。所以我只要看着就好，一浪一浪的麦田，我那么渺小，听听它们唰唰的声音也好。

我叹了口气。

"这个夏天，我是什么都见不着了。"

老人跟着叹了口气。

可能我们都惊呆了，怎么一下子眼前又是秃草皮，我们还在小小的不成样的角落里。

"照你说的，上你舅舅家乡下可真舒服啊！"老人也赞同。"不过那儿不缺水吗？至少有地儿缺吧？"

"水？"

我搜索着记忆。

"因为，"老人说，"三伏天里，热浪一来，你瞧瞧能好到哪儿去。"

三伏天，我脑子一转，乐得又学一词。和我老友一起，每天都能学点东西。

"有井。"我说。

"也对，当然有井……"

我还在搜索记忆。

"好像,好像,有天我们出门上了老福特,我舅舅家所有人都在,到马尼托那边接几个萨斯卡通人,我好像,似乎看见了一个湖……"

"真是个湖?"老人问,"怕就是'眼'水吧……从车上看的话?……"

"怕就是'眼'水……"

"有多大面积?"

"面……什么?"

说完我想我明白了。

"啊,有从这儿到街那头那么大。"

"那就不只是'眼'水咯。你从没见过温尼伯湖?"他问我。

"没,就地理课上见过。您呢,您见过?"

"年轻的时候,"老人说,"差不多每年我都要特意去看一看。"

"那过了好久啦。"

老人闭上了眼。

"好久了。"

"那湖后来都没变吗?"

他好心地笑笑。

"湖啊,变不了。至少人活着的时候⋯⋯甚至好几代人。"

"啊,就它不变! 也得老了吧⋯⋯"

"不,相反,总青春。"

"啊!"

"世界不老。"他教我。

"啊!"

我反应不过来,过去老听这话:老得跟这世界一样。

"什么样啊,"我问,"温尼伯湖?"

"啊,真是不一般!"老人呢喃,"真是真是不一般啊。"

"特别大?"

"忒大。"

"在这头看得到那头吗?"

"那不行。"老人说,"在这边瞧不见那边,太辽阔了。"

"辽阔⋯⋯"我跟着念了一遍,浮想联翩⋯⋯"什么都没,就是水吗?"

"什么都没,就是水。"

"总是水?"

"总是水。"

"漂亮吗,那么多水?"

"我寻思着,就没见过这样的。"

"因为那水说话,唱歌,说了点什么吗?"

"对啊。"老人说,他喜欢我的问题。"这水,像你刚才可爱的话,它说啊,唱啊,不停地说着什么,虽然听不清,比如有人说话。所以啊,最好别吭声,如果想听湖……"

"不停,不停!"

"对啊,不停,我想啊。有点儿像你无边无际的麦田,小宝贝唉。你从没惊得哑然失声吗?"

"几乎没有。"

"和水一个样。空气稍一轻抚,它就晃,起涟漪,阳光下它漾啊闪啊,啪啪地拍。"

"那可多棒啊。"我说。

"是啊,多棒啊!"

然后谁都没了话,喉咙干干的,热得发晕,瞧着肿胀的脑袋里清清的水漾起涟漪又落下。

Ⅲ

那天,我妈妈在门廊那儿站了会儿,拔腿就回。

"太凶残了。"她嘶吼,"不定都超 100 度了今天。谁都别出门。到了中午,我们做点三明治到地窖吃去。"

这景象每个夏天总有两三次,我照常喜欢。但那天,我脑子里来来去去都是温尼伯湖,只想想方设法听点它的声音。

妈妈耐不住我纠缠,最终只能认了我说的,我出门比待地窖好。让我出门前,妈妈上顶楼给我找了顶旧的农夫草帽,扣我脸上,差不多把脸都遮完了。

防护一番,我跑到老人那儿。他和他的小树像刻进了模子里。什么都没有,地上没什么在跑,天上没什么在飞。可怜的老人好像连眼睛都干了。龟裂的老地般沧桑的脸,再没丁点润;或许失无可失了。

"来坐,静静地。"他给我出主意,"热死了,就有点凉快的念想。"

每一个字都是我想听的。

"温尼伯湖,"我要问他,"也有面……几吗?"

"面积?有,当然有。最远得有两百多海里。但你就别信我报的数字跟数据啦。你想啊,人老了,总闹笑话。比如啊,某天见谁穿了条红裙子,想来想去就是想不起来;城里路过谁家窗口见了罐天竺葵,又想不起来:都是这之类的细节啊,古怪透了。另外,我脑子里的数字早跑完了……"

我笑,想象着一排数字全速撤离我亲爱的老友的脑袋,跑得飞快,飞上了天。紧接着我大喊了一声:

"两百海里!想想吧,比去我舅舅家还远。湖上都可以玩一整天,还挨不着岸……"

"划船,"老人说,"绝对要不了多久,更别说机动船。"

前一天,我蹲在地上,在他脚边。稀疏的枯草荏间,我捧起光土,细细如沙,流出我指间。

"萨斯喀彻温,"所以那天我告诉他,"看上去比这还糟。那儿的地啊,跟这儿一样,都是些细屑,"我捧着土的手伸向他,"飞得到处都是。早晚萨斯喀彻温得变沙漠。"我学着他严肃的口吻重复了一遍。

"沙漠！可能。"

我又把乡野草帽往上掀，帽影把我都遮完了。老人伸出手，挑起我一绺头发，细细地看，像握着稀奇物似的。

"我寻思着……"他说话了，明显变了主意，转了话锋，可能还和之前的话题有关，所以开口的方式都一样。"我寻思着，"他说，"你妈妈怎么看我。"

我脱口而出，一点不窘，也不尴尬。

"哦，她认为您是个挺正经的老先生，就思想执拗了点。"

第一次，我听他笑得跟大人一个样，坏坏的，藏了好多个意思。

"评价完全不差啊，你妈妈。"

第二天，他又从古怪的句子开始：我寻思着……来来回回还是那一句。

第三次他终于说出了口：

"我寻思着，你妈妈放不放心我带你一整天。我们坐火车去看温尼伯湖。"

一听，我腿一打直，站了起来，蹦得像只兴奋的羊。

"嘿呀,嘿呀,收着点,别高兴太早。"老人说,"你妈妈要不准,你怎么办呢,小宝贝?"

我怎么办?像从七八层楼上滚了下来。但就那么一会儿,我哪蹦那么高了?

"你瞧!"他说,"别冲那么快。别我一说完,立马就蹦。对心脏不好,小姑娘。最好先观察观察。"

"但我想跟你一起看湖啊。"我喊得眼泪都快飞出来了。

"是,我知道。"老人说,"我不也一样吗,一个星期以来,我就想着这事。我俩多好的组合啊。毕竟不大不小也算次旅行啊。夜深了才回得来。我查过时刻表,没其他法子,温尼伯湖滩的火车,要到夜里 11 点才发。另一方面,"他陷入了沉思,"你妈妈看上去直觉很灵,看什么都不按常理、套路,像个灵气的女人。"

一个字一个字都好美,我想不明白,咀嚼着,跑回了家,扑向地窖里的妈妈,甩开膀子搂着她的脖子,甜言蜜语。

"你是个灵气的女人。"

"那确实!"她说。

"灵气!"我直嚷,多稀奇的恭维话,她竟然没多开心。我忍不住要爆出渊源,心想她就能明白这话的价值。"真的,是圣-伊莱尔先生说的。"

我可怜的妈妈!当时我有没有动动脑子,想想她?她也从没看过一眼一望无际的温尼伯湖啊!那儿离我们城不远,可她总要伺候我们的饮食起居。什么时候,哪怕就那么一天,她能按自己的心意活着?始终饥渴的灵魂啊,无穷地向往着水、原野、遥远的地平线,那是我们最纯粹的爱恋,就是我们自己!就连她自己也没有意识到,太晚了,对她来说,已经填不上欲望的空,空着,却让我们眼睁睁看着它们空着,只一条条遗恨拖曳的忧伤。但她却丝毫不肯松懈,张开着每一个毛孔,这世上她不曾拥有的,至少为她的孩子,为我们一搏。

我一开口她就竖起了耳朵。她乏了,还要笑对着我冲天的激情。

"一望无际的温尼伯湖啊,妈妈!"

像往常一样,她看着我,忘了自己手里的活儿。

"瞧你干瘦的,身体多弱呀。"她上下打量了一番。这时候看我,怕最准,我正活蹦乱跳:谁叫别人都说我是柴火棍,一小根冒大火。"可怜的孩子,我看这假期也没什么用。"她又开始每天的叨叨:啊,要能送你去乡下多好!当然,能是能,但不定还有更需要钱的时候。谁轻谁重,谁掂量得清呢?

她陷在思绪里,听不进我噼里啪啦一大堆的话。"死了老伴的老先生就想带我去湖边玩一天……"

一激灵,我把"死了老伴的老先生"换成了"亲爱的圣-伊莱尔先生"。

妈妈终于听见我了。

"圣-伊莱尔先生?"她话里有醋劲,"你就嘴上说说的名儿,怎么就邀你这老大不小的孩子?"

我又开始给自己辩护,解释不清,我自己也知道,脑子兴奋坏了,心里又慌,说不好也说不通,我自己也不是没发现,这也不是平日里求的小事。我笨得慌,只能把心捧出来了。

"妈妈,最大的温尼伯湖!……说不定全世界!我从没看过一眼!你要我跟你一样,活一辈子一眼也瞧不着吗?"

妈妈终于明白了,眉毛扭作一团,眼睛直直地盯着我;就算这样,她还是稍微动了动嘴角,笑着看坠到谷底的我。

"哦,一辈子! 你知道什么一辈子! 一边去,你啊,撒手前还有得闹呢……"

然后我忧心了起来,我很少见她这样,好多心事。她坐在柴火上,在昏暗的地窖里,挨着大"火炉",当然,没火。看她这样,心里是难过,但也觉得怪好笑:明明要纳凉,却坐到了"火炉"边,冬天里,这"火炉"怪热,跟前却只有猫。

"一整天,这两人一起。"她自言自语,"晚了才回……"

"怪火车。"我急忙解释。

"谁出的主意?"她有些严厉地问,"你?"

"啊不,不不不……"

她态度软了下来。我轻轻地抚摸她,手指头摸索着,我刚才一转眼瞥见的她眼角的皱纹,想要一点一点抹去。

"我还真没遇过这么棘手的事。"她说。

我破脾气一上来,加上又怕,撂下一句。

"我没觉着棘手。"

"你不懂。"

我看她眼睛往角落里的碳堆瞟,飘飘忽忽,瞅着乱七八糟一堆过冬的玩意:雪铲,上了捆的柴,刀锯,瞅这瞅那,像能给她指条出路似的,她突然一下铁了心要拒绝,又犹豫,软下心来,愿意透点希望的微光。

我都针尖上坐着了,争得要死了。

"哎呀,你给个话啊,妈妈。就一天嘛。"

"我不知道该怎么办。"她老老实实说了。

一瞧她心思晃了,我扒拉住她胳膊,把她往旁边挤了下,也往柴堆上坐下,挨着她。

"妈妈,温尼伯湖啊,我一辈子都没见过啊!……"

通常,一听我这么说她扑嗤就笑了。这一次我看她感动了。她是站在我的立场明白了,求而不得的孩子,心揪得苦啊? 还是想到上了年纪的自己,或许永远都见着温尼伯湖了?

"我没钱也没时间带你去看湖。"算是给我道过歉了,好像不说,她心里根本过不去。

说完她看着我,还在犹豫,但她和我一样,我坚信,被深深地迷住了,魂儿牵着自由漾荡的湖,水悠悠晃着,泛着霉味的地窖,充满所有的想象。

她会不会也想,等我回来,至少从我眼里还能看一看湖的影儿?或许她心里一直有个声音在坚持,老人再没时间了,等不及再看一眼温尼伯湖?无论如何,谨慎的心决堤了——谁都没她谨慎。谢天谢地!有时候她也能放手,像她说的,"疯狂一把"。

IV

一早我们就出发。这一次,热浪算个什么,甚至都没考虑城里待着的人,我们心里盼着热到史无前例,这样一来,到了湖边的我们,就能一敞无比渴求的心,好好沐浴清凉。

"瞧着吧,糟定了。"老人跟我说,我们到车站时,天还凉爽,有点要下雨的意思。"我不觉得,"他说,"天会玩我们。我感觉到了,今天热浪得疯到顶。说不定得有102。但我们呢,一到湖边,根本感觉不到嘛。"

我们坐上了火车,老人把我安顿在窗边,怕我错过丁点风景。

我穿着玫瑰红的蝉翼纱裙,头发上绑了根宽边白绸带。妈妈千叮咛万嘱咐,不准我拉长个脸不高兴,不准我死缠烂打非要这个那个烦老人。又嘱托老人别随着我任性,别让我吃太多冰淇淋、爆米花。

其他的,好心的她就听之任之了,反正我俩,神神秘秘的,也怪亲热,她瞧着我们的眼神,像在嘀咕:"一点儿没错,我真是疯了,我是怎么想的,竟然疯得放你俩走。"

不管怎样,我想我算很好地领会了妈妈的用意,一出发就一心系着老人,老人也一样。

一上车,火车立马小小地晃动了一下,我兴奋坏了,但只是检修来着。一动不动停在车站,多漫长的五分钟。等得烦了,我在座位上一下一下摆着屁股,不定是想鼓个劲把火车晃动了。终于,车开始走了。立刻,我感觉自己眼睛就粘在窗玻璃上不动了,分分秒秒候着湖的身影。

老人笑我神经质。

"克制点。"他说,"心急耗心神。还没见着湖,你怕瘫在这火车上咯。它值得你付出那么那么多,你却再没什么献给它。你想这样看湖吗?"

啊不,我心想。当然不,相反,我得守住自己,为了湖。

"差不多还有两小时就到了。"他说,"感觉会很漫长,但过了你就知道,说过也就过了。守住自己,为了湖。"

我做到了,没再抖腿,肩膀胳膊都放松下来。但内心,仍然澎湃,上冲下窜,怦怦直跳。整颗心乱撞,像笼子里的动物感觉到笼子就要打开了。我心急火燎地等门开,四处窜,到处撞,怎么也刹不住,忍不住一遍一遍重复:对啊,门快开了。时不时地,我手按上自己的这一块儿,好稀奇的内在。

老人明白,我幸福坏了。他对着我笑,无比地耐心。他老老实实说,像我那么大的时候,要来个郊游什么,他心力也早疯没了,这方面,孩子都一个样,想想,觉得好稀奇。

"为什么,"他问我,"明明有大把时间,还心急成那样?"

我不知道。我只知道,我心急。

"不过山也好,湖也好,等着呢。"他说,"就在那里,只能等待。"

也许吧……我心想，但全世界最耐得住的妈妈还在地窖通风口那望着天呢。第一次，我不怎么赞同我老友了。"要不赶紧赶紧的，"我说，"多少事都得错过啦，包括等着不动的。"

我们穿过一片忧伤的小林，阴沉，一碰就碎的样——也许树都没有，就是团团交错的灌木，夹杂了几棵冷杉和活不了多久的云杉。或许不久前，野火一烧，新发的苗还不成样子。不管怎样，老人和我一样，也觉得这林子一片忧伤，他说是沼泽。

热得和城里一样。这小林是奄奄一息，却也密密匝匝，空气怎么流通？全靠火车的速度。我几乎一直把头伸在车外，随小风吹拂我脸庞。但老人要我把脑袋收回来，一个劲提醒我危险、危险。

我听了。妈妈说过要听他的话。再说了，就我自己看，他完全是个老小孩，我觉得不管怎样我都得听他的——但还要保护他。这么一想，奇了怪了，还真是奇了怪了，我俩这关系——不过也没那么不清不楚吧？

我照他的话做了，可好一会儿我都在想，我能不能也出于为他好,要他做点什么。可我想不出。

这时,火车突然一下,奋勇一呼,又欢畅,像在通知:注意,见证奇迹的时刻就要到啦,前方新奇,都值了!同时,火车一个急促小转。此时此刻我看见了——应该说我以为我看见了——茫茫一片温柔的蓝,生机,深邃,光滑,我看像有水在流。我的灵魂,为了迎它,在升华。

"湖?"

老人看我,我瞪大着双眼,双手摸索着那片蓝,等我发现的蓝。

"天而已。"他说。

沉默很久,我问他:

"湖和天像?"

老人点头,凝思。

"像,实际上,湖和天像,有时完全一色。"

"总是蓝?"

"不,不总是蓝,完全不是。湖随天的脾气。天要阴郁,不言语,湖也阴郁,不言语。"

"那为什么天要不言语? 有难处吗?"

"难处,实际上,是有吧。"老人心像飘了,叹了口气。

他回过神来：

"不说别的，湖生气可好看了。"

"生气？"

"真的！想想来阵狂风。立马整个湖都动起来。风再凶再凶，你再瞧，水都铅坨色了。再过一会儿，两边水来回荡。温尼伯湖啊，"他又教我，"我见过多大的风暴啊，差不多跟大海一样。"

"啊！大海！"我叫起来，"又来一个，我一辈子都没见过！我没见过的太多啦！"

"唉！唉！"他打断我，"今天你就满足吧，都有温尼伯湖了。相信我，一天就相当够了。生活可不是吞出来的。"

"好。"我接受，"温尼伯湖，一天就相当够了。但你再跟我说说，大风一来它什么样。"

"也分情况。"老人说，"看风从哪来，看吹了风天还好，还是阴沉沉。你想不想我给你说说我见过最美的温尼伯湖？"

"好呀，给我说说。"

"那天，"他说，"满湖千千万万小小的浪花，一点儿不高,但好快全都跑一处了,拖着个白尾巴,像浪托着鸟儿,鸟儿随浪摆。再说,真的鸟儿和海鸥也都端坐水上,都看得见,随着水上了又上,下了又下,小翅膀紧贴着身子,嘴儿鲜艳夺目。那天我看,湖啊,像在上帝前跳着舞。"

啊!我多喜欢这画面!我看见了——海鸥,或者是浪花,我不太分得清楚,一样白,一样起伏。这一刻,我狂兴奋,老人握住我手腕,找脉搏,他说,脉搏太快,数不了。

"人得说,这小姑娘疯了。"他像在怪我。

但我没错。这脉搏老这么快,一直害我做不了剧烈运动,就算我学踩高跷,那也是偷偷背着妈妈的。

"你一辈子都会这么激动吗?"老人问我。

我哪知道!不过我答得很镇定:

"对,我一辈子都这样。"

听完,老人有点偷笑我的意思。

"都怪我讲故事。"他说,"我再不给你讲故事了。"

但是,过了几分钟,他又讲了几个。比如,湖比曼尼托巴的土地还老,比如几千年后,它还在那儿。他说,时光永恒。

我听了怕,心不安,像又要走近那个昏昏暗暗的小橡树盒子,为什么总是想起它? 想起我姥姥躺在棺材盒里。

"时光永恒,因为人死了?"

"当然不是,是说生命永远不息。"

后来我渐渐地懂了,但那不重要,因为就在这一秒,小小的火车猛一转弯,把我们全甩飞到过道上,把我们乐得一个劲儿笑。火车鸣笛,枝丫散开,现了蓝——还远——但就算隔着距离,我已经生生地感觉到它了。

"是它!"我喊出了声,一伸腿站直了,手又捂住了胸口,很奇怪,小的时候我就会这动作,像个小老太太。

接着,我看向老人。

他比了个"是"的手势,他也高兴得说不出话了。但他的眼睛不再盯着远方铺开的蓝。他一动不动地看着我,好像我才是我们要看的大湖。

V

畅快地看了一眼湖后,温尼伯湖商业区让我失望得快哭了,幻想全灭了。我看见天边有个马戏团大转盘在那儿转啊转,还听见小贩在叫卖,烦死人的歌不停地吵,还有一大股油炸味。海盗船飞快地一个猛冲,满车的人一口气上来,我听他们一个劲在那儿狂叫。哎,这下好啦,我们又进了城了,街道,满当当的商铺,挤满人的餐馆,但比我们城惨上几万倍,人都半裸着呢,肩上搭块毛巾,捧着圆锥形纸盒,嚼里边的炸薯条,要么就啃个三明治夹烤肠。

我一把抓住老人的手,难过得直哼哼:

"湖呢?湖在哪呢?"

"等一等。"他说,"就到了,就到了。"

但我俩绕了好大一个圈,气味又难闻,只能溜着眼睛找个没人的地儿,到处人挤人,脚尖踩脚跟的,有那么两三次差点儿就把我俩挤散了。

"全变了,和我来那时完全不一样了。"老人呻吟了一声,"难以相信。我那时来,这儿就一个木头搭的车站,再远点,有十二间小棚屋。哎,完全是胡作非为,坏了我们的风景!"

看他崩溃成这样,我感觉山都要塌了。我想我怀疑他说的湖了，可能根本就没有呢。我好担心他答应过的事全要落空了，死死抱住他的手。

"总得找找吧？"

"找什么，小不点？"

"湖啊？"

"啊，它啊！"他回过神——或者我该说，他又意识到我在身边？——淡淡一笑。"那么大一个湖！他们再乱来，再怎么能耐，捣鼓，也没法把它搬了。"

"真的！"我情绪上来一点，但还是不明白，他说"他们再怎么能耐，捣鼓"的"他们"是谁，谁对湖下手？

"一群混蛋，混蛋。"老人嘟囔。我第一次见他动了怒，吓了一大跳。"但有个问题，"他说，"我记着湖滩离商业区挺远。我们是现在吃点儿，然后再往远处走，还是先探查湖？"

"啊，湖！探查湖！"

他温柔地握住我的手：

"我琢磨着你就是这么想的。"

慢慢地，炸薯条的味儿、闹哄哄的声音都离我们远了。我们脚下还是小小的街道，但铺的都是沙子，然后连人行道都没了。两旁树丛掩映下的小屋越发若隐若现了,阳光下,云杉和冷杉散发着香。我仔细留意着老人每一个细微的反应,见过他抱怨,我就停不下震惊。

"现在呢,像你来的时候了吧?"

实际上我心里有个好难实现的愿望,希望"他的时光"能回来,我想象中,"他的时光"应该和他很像。我实在太想知道,这样的愿望到底能不能实现,于是我问他:

"时光……找得回来吗?"

"有时吧……是的,有时……"他呢喃,一开始像完全没把握的样子,然后慢慢地,换上一脸坚定。

因为就在这时,迎面而来清新的空气,比开阔原野上的空气还要沁人心脾。我们一惊,好沁人心脾,然后昂着头,你看着我,我看着你,任凉爽的微风吹拂我们的脸庞。

"它的气息。"老人告诉我。

过了一会儿,他一只手扶住我的肩,让我别动。

"听,你听见了吗?"

真的,还没看到它,我们已经听到它了:好响的声音,啪啪,很有规律,像远处有人在拍手欢迎。我立马就想冲上前。但沙子很软,老人走得很吃力,他已经喘得不行。

所以我尽力等他,但手还是忍不住拉他一下。

我们走上了一片绵延的沙滩,脚下轻柔,眼里也轻柔。前边,像老人说的,看哪儿都是湖,只有水,但超出了我的期待:湖让人听到它独特的声音,却始终沉默。怎么做到的?像细细碎碎不倦的私语,却又沉默。当然,我一直想不出结果,从我关心这个问题开始,从我人生第一次见到这片大湖开始,我甚至怀疑,到了今天,我也还停留在那一天,没有往前一步。

我们俩,一个挨着一个,坐在沙上,看着温尼伯湖。轻轻的浪就要漫到脚边,也许在悄悄说,很高兴见到我们,我们俩终于到了。我乐着找浪上海鸥的眼睛,还找不着。不时清凉拂面,妙极了。好久好久——也许是半小时——我们什么都不想,只想自由自在地听着、看着湖。

最后,老人问我:

"你还好吗?"

啊呀,我当然好啦,从来就没这么好过,但说不出地乐,乐得没天没地了,倒把我自己吓坏了。后来我当然知道了,这就是真正的快乐,又惊又喜,像灵魂开了窍,那么简单,那么自然,又那么强大,却怎么也看不透,只能叹一声:"啊,就它!"

我白准备了,一切超出我的期待。好大的天,半边的云,半边的阳光,难以置信的湖滩,一直漫向天边。尤其是水,无边无际,在我一个习惯了干枯天际的乡下小姑娘眼里,显得有点浪费了,我们家那边多爱惜水啊。我回不了神了。另外,我不是再没回过神吗? 说真的,看过大湖,谁还能回得了神?

微微的风轻柔地吹,我们却很快发现,散开的沙上,太阳热辣辣地烤。老人对我说,在他这个年纪,没什么好怕的,除了极端,极端的太阳,凡事极端都怕——"我看啊,这个夏天就极端了。"他口袋里装了张折好的报纸,他拿出折了个两角的帽儿。"空气舒畅了些。"他顶着他的"海岛帽"跟我说,湖滩上戴个这样的帽儿,也只是图个凉快,安静。他看出我想要个同样的帽儿,于是拆了自己的两角帽儿,报纸分两半,做了一顶,还够做顶小的给我。

然后,头顶同样的东西,我和他,多了海岛帽,坐在沙上。倒也像我们做的事,城里渺小的两个人,不怎么习惯湖滩的风格,来,就想坐着,做做梦。

　　渐渐地,游泳的人占了湖滩,大都年轻,又黑又吵。他们光着脚在沙上跑,要么一来一头扎进水里,溅起很大的水花。我们呢,我俩维持好自己的神秘气息、讲究的着装。我不觉得自己寒碜,我就穿着我蝉翼纱的裙子,挺直了腰杆,挨着一身黑的老人。后面来的人瞧我的眼神让我有些不自在,但我想,湖沉静的呼吸,眼中壮观的一切,完美的一切,早让自尊这点小情绪烟消云散了。妈妈还真是难过的,我要一整天都待在湖边,她恨自己没能给我买一件小泳衣,又没时间给我织点什么代替一下——要有时间的话她倒真可以织一个,毕竟她的手那么灵巧。她跟我说,起码撩起裙子到水里"扒"几下。我想我没这个心思。首先,我裙子还新着呢。其次,太阳下戴着两角帽儿,湿湿的凉意不停地浸润着我的脸颊,还有我亲爱的老人陪着我,要我看,重要的一切都有了——多难得的幸福,也许就该小心,别幸福得超了载,就怕好好的却偏了道。

　　"你去玩啊。"老人说。

　　我摇头。像今天这样的日子,要我看,就不是为了玩的——至少不玩我已经玩过的,打个比方,就像去了教

81

堂,就该听着管风琴,心里一片喜乐。我就高兴捧一把漂亮又干净的沙,干干的,随它滑落指间;或者好好堆几个小沙包,底下多按几下,扎实些,旁边又拍上几下,压紧些。

　　每一秒,湖深邃的歌穿透了我。现在我听得分明,那不是夜里满座的音乐厅里手掌相击的啪啪声,而是别的什么。我看见,稍远的地方,长长一道薄浪,卷向沙岸,迸发出一声叹息,或许带着悲痛。所以有那么一瞬间,沉默着,然后湖水温柔地漫上沙岸,留下潮湿的印迹,越见清凉。每一次,掀起又退下的,是不是同一朵浪? 还是它总从湖底来?

　　我问老人,他说不知道。费了好大劲他才回我,怎么了他? 我呆呆地看了他一会儿,他"结块"了,这是妈妈的词儿,意思是眼神空洞,累了,打瞌睡了,注意力不集中了。也真是这样,突然一下就见他稠乎乎的,像大热天变质的牛奶。也许,打乱了规律的日常习惯,他是得好好睡一觉,我应该让他安静一会儿,让他报纸做的两角帽儿随他脑袋微微地晃——到了今天我也埋怨自己,当时没让他睡。但我脑子里一堆一堆的疑问止不住地往上冒啊。为什么那么多水？为什么全在一个地方,没去别的地儿？还有为什么起浪？

累坏的老人抖抖神,尽力满足我。

"为什么那么多水？为了美,我猜。因为是上帝做的决定。"

"那么,是为了他自己才创造了温尼伯湖咯？"

"为他自己？嗯,或许吧。"老人说,"但也为了我们。"

"他知道我们想看啊？"

非常非常累的老人仍然笑了一下。

"他应该想到了。"

每一秒,我都瞪圆了双眼,想要越过粼粼的波光,看到湖的尽头,远远的岸。

"那儿,那儿,"我问,"是不是尽头,还是开始的地方？"

终于,我把老人从半睡半醒中拉了出来,好开心,他小小的蓝眼睛又有了光芒,虽然这一刻,眼里有些微的悲凉。

"尽头,开始? 你这问题问的! 尽头,开始……实际是一回事吧!"

他也看向很远很远的地方,对我说了这些话,又重复了一遍:

"是一回事! ……也许一切就是个大循环,尽头和开始连在一起。"

我喜欢这样说话的他,语调高扬,虽然我没法完全领会他的意思,但他说的每一个字,都让我喜欢,像我喜欢的交响乐,又或者,像半空中奇想的云,却叫人怎么也看不懂。

不过,我记得他对我说,湖长大于湖宽。我问他,湖不是圆的,开始的地方和尽头也照样能接上吗? 他回答说,相遇就是这么神秘,什么都改变不了,尽头和开始自有法子。

眼前,上百号游泳的人尖叫着,互相追逐打闹,一头扎进水里,要么把球抛来抛去,惹得水花四溅。也有的拉伸躺着,全身抹了晒黑油。只有我们,看上去无所事事。

"瞧他们,你就不想玩?"

　　我摇头。我一直在努力听,想听漫上沙岸后渐渐没有声息的水声,那带点忧伤的歌。就算有闯进来的人群的叫嚷和欢腾的喧闹,我听它也一如既往地沉静。这时,我听见它似乎在小声嘀咕。难道自打有了时间以来,湖就那么一句话,不停地重复来重复去吗?我绷着劲要听,听到最后我都快睡着了。身体拗不过了,松了下来,拗不过就只能放空了,虽然我多想知道它在说些什么。

　　在我就要睡着的时候,老人,他呢,整个醒了。

　　"你现在就一点儿不饿?你该饿了啊。我们想想吃点什么?"

　　话音刚落,我蹦了起来,自由自在的气息真是勾得我好饿啊。

　　"我要吃吃吃吃吃。"

　　"好极了。"老人说。

　　我们往回走,从沙上的小路走上木栈道,上了水泥路就快到商业区了,幸好我们找到了一个没那么多人的馆子,老人也乐意。当我反应过来,他不管妈妈的嘱咐,要给我点个香蕉圣代,还有棉花糖圣代,我实在忍不住直嚷,说他是我这辈子最好最好的朋友。他把餐巾系在我脖子上，这样我就不会弄脏自己那么漂亮的小裙子了，他是这么说的。

"这可是我最美的。"我透露给他，"一开始，我妈妈不想我穿着它坐沙上来着。"

"但你想给湖看看，我猜。"老人看了我一眼，说。

也许是吧。

"事实上，你是对的。"老人赞同我，"无聊的节庆都要穿得美美的，这么盛大一个日子干吗不穿？"

我反过来也叮嘱他小心，别弄脏了他黑色的府绸西装外套，看上去多整洁啊，我跟他说，一看他就是这城里，还有全世界，最最好看的。半开玩笑，半严肃地，我帮他把餐巾蒙上他的胡子，这样一来胡子也干净了。立马好奇心就涌了上来，我想知道，洗胡子要不要像洗头发那样抹香波。这么简单的一个问题把他笑得差点岔气。我不觉着有什么好笑的。

"不用。"他说，"拿湿毛巾擦一下，打整一下就得了。有时候完了再梳几下。但留胡子肯定还是挺费神的，因为老沾些嘴里漏的残渣。所以说，有的人还想着懒人最适合胡子，真是离谱。保持胡子干净比刮了还费事。"

"就一点，漂亮。"我对他说。

看上去他听乐了。

"你觉得?"

"那当然，多稀罕!"

"这倒是，在这年代是稀罕。"

我照顾他，他照顾我，我一句他一句敞开心聊着时，邻桌的人注视着我们。他们看上去挺喜欢我们，兴许还有点嫉妒。这有个太太，自以为说话很小声，要么就是想着嘈杂的刀叉碗盘声盖住了自己的声音，总之说起了我们，还被我们清清楚楚听到了："瞧这两爷孙一块儿，那么融洽，不是多迷人吗?"

于是我俩电光四射地交换了个眼神，因为就我俩清楚:不是亲爷孙，我俩却亲过真爷孙。

然后，老人又晃神了，不停地搅着杯里的勺。他跟我说他有自己的孙儿——而且都不小了，人都不坏，也不是没良心，就是都染了这时代的病:求速度，爱车，爱摩托，一有钱立马花精光……他说他呢，感觉自己太老了，适应不了如今这疯狂的世道了。

我呢，他倒挺适应。吃空了杯里的圣代，我又把杯底刮个干净,然后就换我晃神了。

"因为,"我对他说,"我没了姥爷、姥姥,谁都没了。"

"怎么说话呢,什么谁都没了。"听他语气,像被我惹恼了。

也许我想说的不是这意思。就是有那么一会儿,又看见了我姥姥,她还能跟我斗几句嘴,针线活总是好得不得了,但一想到现在她哪儿都不在,也不织了,我有种被抛弃的感觉。

"也是。"老人说,"就因为少了一个人,世上就像个荒漠。"

他揩了揩鼻涕,说:

"但我俩不会,我们,嗯?"

我也揩鼻涕。我不确定我俩会不会,但我照他的话说了,好让他开心。

这时,他又"结块"了。最后他真的睡着了,睡着前还嘀咕了一阵,说自己扛不住了:吃过饭,瞌睡虫就候着了。

我看着他睡了几分钟。馆子渐渐空了,只剩我们俩,四周再没一点声响,我想赶紧走了。我听见一只苍蝇在天花板上乱撞。然后,老人打起了小鼾。他半张的嘴发出怪忧伤的"呼呼"声，假牙都有些脱落了。就那么一瞬间，眼前的他，不再是我认识的他，而是苍老了许多许多。他醒时，蓝色的眼睛闪烁着生机，但现在，半闭的双眼只露出一点浑浊的白，吓坏我了，我怎么也认不出他了。这时，他搭在桌布上的一只手滑落下来，垂在身旁，半吊着，死了一般。我怕了。我伸出指头，要摸一摸他毫无生气的手，多么像有一天，我双手捧起一只鸟儿，却发现它已经死了。到底是什么紧紧地揪住了我的心？我是不是在想，或许他永远也不会醒来，如果我不马上拉他出来？谁晓得我脑子里想些什么呢。我张口大呼他的名字：

"圣-伊莱尔先生！圣-伊莱尔先生！"

现在想来，在放我俩一起出门这问题上，妈妈迟疑，完全是有道理的。我想我懂了，这一趟旅行，她最担心的，是老人，而不是我。

"圣-伊莱尔先生！"

他大惊一跳，睁开了眼睛，看似完全摸不清自己在哪儿，连我是谁也忘了。这几秒钟的时间，他看着我，那么远那么远，像中间隔着整整一个温尼伯湖。我认识的人从没这样远远地看着我，可以说，这比我眼睁睁看他睡着

还让我害怕。终于他认出了我,对着我笑,像松了口气:

"你啊,我的小朋友!做得真棒,把我叫醒了。现在我啊,动不动就打瞌睡,醒了又犯迷糊……"

"别再睡了。"我求他。

他抖抖胡子上的残渣,付了钱,走出门时对我说:

"你说得对……这样的日子可不是拿来睡觉的……有的是时间睡,走!……"

说完,他腰杆挺得更直了,问我意见:

"你瞧,天还要亮个几小时……我们要不要再回湖边享受去?"

"那当然,湖啊!"

就这样,手拉着手,我和他,像紧挨着、生怕走散的两个人,却几乎没有一句话,无论如何,有些悲伤,一步一步,腿迈得很沉,走回亲切的声嚣。还没抵达,那亲切的声嚣,又一次,穿过我们的耳朵迎向我们。

这一次,长长细细的沙滩,几乎只有我们两个人。天变了。大朵乌云逼近,从远远的湖那边而来,我曾纳闷了很久,那边到底是尽头,还是开始。小风吹向我们,却没漾起我想看的小朵浪，只是吹皱了一汪水，着了难看的灰。我吃了一惊，阳光下那么光彩照人的湖，竟会蒙上愁闷的气息。这时，空气急剧转凉，我们都快抖了起来。

"你怕冷了吧?"老人担心了，"该备件毛衣的。但今早出门的时候，谁晓得必须带呢!"

这时，我们说起家，用的是"那边"，好像已经离开了好多年。

"我寻思着，那边会不会也凉了。"老人说，"说不定没呢。这儿，老变。那边，说不定还是个大火炉呢。"

我一眼就瞧见沙岸上我堆的几座金字塔小山，于是我们又回那儿坐着。我又垒了几座小山，却不怎么上心。

"那边，"我说，"我也想我家闷热的小街，大家该发现我们离开好久了。"

"啊，我吧，你也知道，"老人说，"没什么人留意我在这儿还是那儿。"

"不会吧，他们发现不了?"

一听，他使劲表现得开心点，逗我似的：

"你呢，你发现了哇?"

我回答不了，我感觉心灵被深深地触动了，又说不上来为什么。

这时,大自然出奇地宁静下来,湖几乎悄无声息,像现在轮到了它,竖起耳朵想听我们要说什么。于是我们放低了声音。这时候,我们俩都听到了很远很远的地方,湖上,或者周围的林子里,一声鸟的怪叫,我的心陡然一惊,但老人喜欢这个悲凉的声音。他仰起头,说:

"听,白尾海鸥! 我就没想过这儿还有,因为白尾海鸥只喜欢偏僻的地方。"

他看上去开心极了,这儿至少还有只白尾海鸥。他苍老的手耷拉在沙上。有一会儿,我看着他的手,自己却没意识,最后问他:

"老了难受吗?"

他假装笑我,但手藏到了背后。

"谁让你想这些的?"

他又加了一句,弄得我一头雾水:

"老了也不比年轻难受多少,你晓得的。就说你吧,瞧你给自己生出多少小烦恼!"

不过他顿了一会儿,叹了口气:

"湖边,到了夜里,总还是有些阴沉……"

"为什么阴沉?"

他的脸上又挂上了疲惫。

"就我所知,水好像知道自己活得比土地久,也许它知道,自己更老些。造物时,先有了水。"

"啊,造物时,先有了水? 您知道的可真多!"我加了一句,几乎嫉妒了。

"你也行。"他说,"等你老了,你知道的更多。"

但我不想老,我想什么都知道,就是不想老。但我想,我尤其不愿看着身边有什么老去。旁边,躺着我们丢掉不要的报纸帽,被人踩了又踩。我使劲抚平我的帽儿,心想带走做个纪念,突然眼里就涌上了泪水。

一慌,老人扭过我的下巴,抬起来,看着我的脸。

"这是怎么了? 和个老头一起烦了吗?"

"不是……不是……"

"那好,到底怎么了?"

我说出来他能明白吗? 曾经光彩夺目的东西没了光芒,如今那么黯淡,没人要了,无依无靠,看着看着,心里涌进好多载不动的忧伤。尤其今天,就在今天,最终隐隐约约却又几乎清清楚楚看见了衰老的真相,老了又会怎样。我噙满泪水的眼睛又看向他。

"这小脑袋瓜里到底装了什么啊？这是后悔来看湖吗？"

"不是啊，不是啊。"我惊愕地怪叫，仿佛他问的是：难道你在后悔活着，后悔有颗心，后悔有想象，后悔有父母，甚至也后悔有我这个老伙伴吗？都是湖。它在嘀咕一句什么，我始终想不明白，到了夜里，它忧伤，我也跟着忧伤，我抱怨它干吗呢？实际上，不是生活不管不顾我们，让我们长大的吗？

"这到底是怎么了啊？"老人重复。

我终于一股脑向他倾吐。

"人老了，老了，就得死啊？"

"啊。"他说，"原来你在烦恼这啊！"

我等他答我。谁都没能好好回答过这个问题。也许，他能！……

他伸手轻轻抚上我的额头。

"首先吧，有的鸟儿小小的就死了……"

"是，真是，我就见过一只，有一次。"

"嗯。"他继续，"这有些悲伤，因为不管怎样，小小的

94

就死了。还没时间好好学,好好爱……你明白吗?但,老呢,是自然的事。"

"是自然的事?"

"再自然不过。活过了,就想到另一边看看。"

"啊!因为您在这一边学够了也爱够了?"

就是出于本能,也不知道为什么,我又开始尊称他"您"。很久很久,他双眼漫无目的地看向湖,看看沙,也看着天。

"学够了?……爱够了?……我不知道。也许永远也不够。我好想再多点时间,我想人总想再多点时间。"

无论如何,情绪上来一点了,我又开始堆小沙山。

"另一边,这边完了就要去的那边,在哪儿?"

他端详着我看向他的脸,答得巧妙。

"要知道那么清楚,也许就没那么美、那么迷人了。当你出发探险的时候,是不是别知道那么多要惬意得多啊?……"

"那也是探险?"

"说得好!……说得好!……"

铅灰色的天空下,他和我说起的那个神秘国度,我开始有了兴趣。

"那比湖边还美?"

"也许吧。我想啊,一切都会在那儿重聚,我们所爱的人,我们所爱的事和物。"

"也许你能碰到我姥姥。"我开始乐了,但马上又回落悲伤,没怎么醒过神。

我在旁边拾了块木渣,尖的,朝沙上随便画。然后,像好多孩子一样,也许想证明自己算不上长却已经丰满的人生,我在沙上写下自己的名字,后面跟着个数字8。

"多好的年纪。"老人看着我写,说,"一切都刚开始。"

但我听他声音像感叹,一切都刚开始,多幸运,于是我又跌回大恸。我想我承受不了这样的好,因为对他来说已经到了尽头。

"我姥姥老了,老了,她死的时候,"我告诉他,"她有80岁了。"

"那没多老!"老人说。

"不老?"我不信,一时间巨大的疑问笼罩了我,我满眼疑惑地看他。

"连我都没那么糟。"他偏着脑袋,像惭愧自己那么老,"写在沙上。"他提议。

附在我耳边,他小声说。于是我照他小声说的写了:84。天晓得我干吗要排列这两个数字,他的年纪,我的年纪,然后做了道减法题。我呆住了,脑袋还在嗡嗡作响,我和他之间,似乎隔着好长一段时间,比茫茫的水、辽阔的地还要深奥。

"76年,好多啊。"我说。

他一只眼睛瞟着我在沙上算算术,说了一句话,像被我逗乐了。

"怪啊,人说我这样的老朽年岁正好。你才是年岁正好啊,长长的美好人生都在前方!你要干点什么呢?"他问得像猜谜。

我哪知道!再说了,我想我什么心思都没了,只觉得生命一点不平等,一点不公平。为什么所有人不能都从一岁开始,每一年一起往上长呢?

"会烦啊。"他点醒我,"一起老多烦啊,一起年轻也腻啊。"

他让我开动脑筋好好想想:

"之所以美啊,是因为每时每刻都要你去看,去发现。"

见我没什么反应,还在算来算去年龄啊,时间啊什么的,他举了个例:

"比如啊,海洋,难道你会不想去见识见识?"

这时,我的魂儿不由自主地跟着他说的去了:

"当然我要去看海。更美吗,海?"

"更美!……更美!……不,也不一定。就大得多。但一定程度上来说,广度……"

我打断他,跟着念了一遍,好好回味第一次听到的这个漂亮词儿:广度。

老人喜我从他话里学到东西,给我时间好好进入状态,然后再继续:

"……一定程度上来说,宽度和广度,肉眼是看不出来的。这时候,最好就是往海边一坐。"

"啊,对啊!"我说着,不由自主地幸福得昏昏然,"但哪个海? 太平洋,还是大西洋?"

"干吗不两个都去。"他说,"既然实际上两个都差不多。"

"你瞧,我都不晓得!"

"然后,"老人说,"你还剩下落基山。难道你会不想真正地见识一下?"

"当然我要真正地见识一下。"

"那还有大地上一座座漂亮的城市呢?难道你会不想去参观参观?"

愣了一会儿,我点头,忧伤却又浓了一点:

"要的,我要去参观大地上一座座漂亮的城市。"这时我想问问他,"您呢,您见过大地上许许多多漂亮的城市吗?"

他目光投向湖的远方,仿佛水的下面,兴许就是一座座漂亮的城市,他有些悲伤,对我说:

"你也知道,我是见过一些。我见过巴黎、伦敦、阿姆斯特丹……你瞧,最迷人的小而美的城市,是布鲁日,比如啊。"

"您还要去吗?"

"也许布鲁日……"

"您再也不去啦?"

他梦游似的摇着头,说:

"不,我想是去不了了,都走过了。"

但现在他调动了我满腔的热情,我想着我的旅行,将来要自己走出去。

"有一天我要去看看布鲁日什么样。"

"哦,那儿你会非常爱的。"老人保证,"要是到了那儿,你会不会想到一点儿,是我送你去看布鲁日的?"

"那当然啊。"我高兴地保证,"我会想到的,但想想得等那么多年才能去布鲁日,我都伤心了。"

"可怜的小孩儿!"老人的手摸着我的脑袋,说,"你啊,哪儿都想去。要可能的话,你把表调快一点儿。我呢,调慢一点儿。瞧我俩,多怪异的拍档。"

才不,我不觉得我俩是怪异的拍档,我们是最棒的拍档,没错。不过,或许就在这一刻,我清清楚楚地预见了,组合久不了。于是我仔细地看着老人的每一道轮廓,满是焦虑。

这时,为了讨我开心,他给我讲了一个像故事之类的事,妙得我都怀疑是不是编的。

"你看啊，当你逛完了一圈，"他说，"城市、古迹、博物馆、宫殿都逛完了，海洋、高山都看了，到了那时你会不知道，你还想要别的?"

"真的啊?"

"真的，人的心就是这样的，拥有的越多，越想要。到了那时你就会发现，自己一脚刚踩在了真正的发现的门槛上，伟大的发现。"

我停下堆沙的手，全神贯注地看着他。

"什么是伟大的发现?"

听上去像要穿越一个国度，他对我说，那儿，一切都闪耀着独特的光，最微不足道的寻常事物也都熠熠生辉。因为发现，一个人，从此以后好像拥有了全世界。

我觉得，他说的就是我们俩。"不，"他说，"是另一回事儿。因为爱的国度是最最宽广、深邃的国度，带我们从这儿到那儿，去往远远的地方，远得我们都忘了出发的地方。"

一点一点，这国度越来越吸引我。

"我要去那儿。"我说，"我要去，然后留在那儿。走过这美丽国度的每一寸土地。"

他久久地凝视着我，又充满好奇，好像在看着很远的地方——但是他能不看得远么，什么时候他不是什么都知道呢？

"对，我想你确实会了解这个国度。"

那为什么，说完这话，他看上去那么疲惫？好像在担心我身上会发生什么事情。我呢，我还能听上一整天，一整夜，再来一天，听他对我说神奇的国度。但现在他不说话了，太累了。

他老了，我困扰，他却这样都排遣了。几乎就在这时，他不吭一声，我重新听见了湖小声的嘀咕，像在呜咽，却又温和。天更暗了。最终会下雨吗？下雨，妈妈会为她的花儿开心。妈妈，妈妈，想到她，我心里充满浓得化不开的温情，毕竟她是我唯一的港湾。因为，一天当中学了那么多重大的事情，突然我就累了，我只想做个小孩。但是还可能吗？似乎今天，我已经过了界，越过边，走得太远，离开了我应该待的地方。湖的小声嘀咕还在我耳边萦绕。再见，再见我的孩子们，也许它在说。它怎么知道？似乎湖在随着我的感觉说话。但我呢，因为湖变了吗？

"要能睡上一会儿……"老人说，"都扛不住了，我俩，唉，得打起精神回去。见你筋疲力尽地回去，你妈妈会不高兴的，兴许她还怪我呢。"

"不怪你。"

"哦，或许怎么着也怪我吧！不过，我们来这儿不为别的，就为了清爽。"

"清爽。"说着，我累得打了个哈欠。

"靠过来。"他对我说，"头搭我肩上，会热点。"

我照他说的做了，又打起了哈欠。湖的小声嘀咕似乎越来越远，像被我们周围刚起的风吹散了一点儿。

"另一边，就你之前说的，人都要去的地方，"我半睡半醒地问他，"也有湖吗？"

"也许吧，可能。"老人瞌睡了。

"但你说湖永远都在……"

"就是啊。人走了，东西还在。难道要把别人活着要用的也带走啊？"

我发现好大一朵乌云直压我们。来了另一阵风，吹了我们一身沙,吹飞了我们的纸帽儿,追不上了。

"你想避会儿吗?"老人问我。

"不,待着。"

"那好,待着。"

我斗争了一会儿,鼓着劲就想弄清楚现在波动的湖在喊什么。但似乎全散作空气唔囔,水声咕哝,阳光下又弱了音量。这世界多奇妙啊,我们,卑微的造物,活在这世上,周遭千千万,怎么看也无穷无尽! 一整天上千个问题搅得我们心神不宁,然后现在,水声,风声,时间长了,单调得推我们入梦。现在,长长的沙岸上,只有我们两个人,前方无边无际,我俩睡着,肩靠着肩。

老人先醒来,差不多已到夜里。他急得要命,赶紧摇我。我听他像在好远的地方喊:"啊哟,我的天哪,要是错过了火车,你妈妈得说什么啦!"

我听见:你妈妈,你妈妈,火车,火车。不知自己在哪儿,谁在跟我说话,充斥我耳边、有些发狂的水声又是怎么回事。站起来,我惊呆了,自己竟然站在沙上,再往前几步,巨大无比的黑乎乎一团,波动着,轰隆作响。然后我都记起来了。我想,光这一天我就拥有了所有幸福,我看了懒洋洋、睡着的温尼伯湖,现在又要看它在风暴中翻涌。短浪相撞,啪一声。几乎全无光线,不远的地方,只见暗潮汹涌中点点白色的闪光。我用力瞪直了眼睛,使劲穿过挡在眼前的暗潮,要看看那边,远处,动怒的浪上,是不是小小的海鸥在随风飘摇,乐受着坏天气。

但老人催我了:

"走啦,拿你的小包了吗?所有东西都齐啦?什么都别忘了,走,走快点。你想过你妈妈会怎样吗,要是我们搭不上夜里的火车回去?⋯⋯你可怜的,可怜的妈妈!⋯⋯"

他拖着我往沙里走,跌跌撞撞,一个劲念叨"你可怜的,可怜的妈妈",终于击中了我的心。风来,沙飞溅,露出我们的脚背,湖里浪在啸,和着那声"你可怜的妈妈",像惊声呵斥,重重一响。于是我猜,我明白了,她可怜,真的,一辈子从没见过温尼伯湖,没有见过海洋,没有见过落基山,一个个她那么渴望见到的地方,她都说过了,甚至需要的话,坚持要我们放下她,走遍这个世界。我想我有点儿懂了,光有走出去的憧憬,却走不出去,即使心有憧憬,仍会一辈子困在一条小街上。

于是,变我催着可怜的老人往前赶,拉他的手,直嚷嚷:"快,快,火车不等人。"

火车上,我们又睡了一阵儿。再说,能有什么看的?窗外无非沼泽地里小树的影儿,有那么一两次,眼睛半睁半闭的时候,模模糊糊见着了。火车喷出的烟气缭绕着勾勒出人脸的形状,一张饱经风霜又焦愁的脸。整个回程的路上,也许我就记住了这些。童年的记忆很怪,有时哪怕一天中最小的细节都记住了,却马上漏了大段的时间。坠入遗忘时,暗得走不出,然而,有时也乍现微光。

终于,换上了电车,两个人全都累成了两半,没半点力气说一句话。两个脑袋碰来碰去。不过,下车前一会儿,老人发现我的发带松了,歪在一边。他努力想打个结,无奈手在抖。然后,他对我说,好久没给小姑娘绑发带了。

我们下了车,老人牵着我的手要送我到家门口。可他脚都挪不开了,我提议就到这儿,分开走,各自回家,就差一小段路就到了，天刚黑，自己走就行。但老人不乐意。

"我怎么可能把一个小小姐丢在大街上！我们走！"

至少，我想，他是这么说的，为了证明我自己回不了家。听，这时老人舌头都打结了，还是我自己听不清？一整天耳边都是水的声音。我告诉老人，他说总这样，一整天待在那么大的湖边，有时过了两三天还听得见水的轰鸣。

但是，记牢了湖的声响，却带不来一点湖轻柔的凉。我们已经出汗了。

"又掉大火炉里了。"老人说，"真是奇了，这儿的空气都没怎么变。就像啊，像啊，做了一个梦。"

借着路灯的光，我看上头，热得昏沉的叶，可怜的叶。我听见鞋底擦地而过的声音。老人绊了一下，我上前帮他，正要扶他起来，我也绊了一下。他伸手拉我，不让我摔了。他想笑，又说我俩真是对滑稽拍档，真有些像瞎子帮聋子。

但到他假牙都掉了下来，我也没能理解瞎子和聋子的故事。

　　终于，我俩站在了栅栏前，他说，从哪儿把我带走的，就把我送回哪儿。完全站不稳脚了，他赶紧扶稳他的"海岛"帽，就和我一个人，些微站在阴影里的我，告别。我记得，在那个热得昏沉的夜里，他白色的帽儿像个小点儿，那么醒目、美丽。我揪住他的衣袖，不让他走。我想我承受不起，看着这一天就这么过去，看着这一天像每一天一样，消失在午夜结束之时。似乎还有最后一个重要的问题要问，关于过去的，留下的……说不清为什么，还关于着孤独的白尾海鸥。但这时，妈妈从屋里出来，喊着冲向我们："回啦，回啦！"

　　她看看我，又看看他，带着同样的神情，或怜悯，或热切。这时，今天我所见的悲壮而奇异的一切，一股脑涌上心间，像一首不朽的歌谣，也许，永远我都没法再听一星半点。我扑进妈妈怀里，要哭了。

　　"我看见了，我看见了，妈妈！大大的温尼伯湖！"

搬　家

I

曾经，我有没有像十一岁那年一样，那么羡慕一个小女孩，到了今天，我几乎只记得她的名字：弗洛朗丝。她爸爸是搬家的。搬家是种职业吗？我想不是。就是修修整整嘛，别人给他各种各样的活儿，他忙着来做。到了搬家的季节——以前似乎老换房子——他就给些小家小户搬搬家，也都在我们家附近，要么就远些，郊区啊，甚至远到温尼伯那边的街区。也许，他把大马车和马从乡下带到城里，完了又舍不得脱手，这才成了搬家的。

周六，弗洛朗丝陪她爸爸到处跑，马走得慢，打几转，一整天就过去了。我羡慕她羡慕得脑子里来来回回就是一个念头：为什么我爸爸就不是搬家的？上哪儿找这么好的工作？

那时对我来说搬家意味着什么？完全没有概念。我生下来，就在我们一直住着的漂亮又舒服的房子里长大，好像从没离开过。那个夏天，这样固定不变的生活让我觉得单调得可怕。我们确确实实从没离开过这座大房子。要不要抽个时间去乡下走走啊，哪怕就一天，去远一点的地方？但问题马上就来了：行啊，但谁看房子？

带上家具、日常用品，丢下一个地方，关上一扇门，永远地留在身后，跟一个地方说再见，这就是我从没经历过的冒险。也许我想象得过了头，搬家，在我眼里成了英雄的事迹，大胆无畏，又无比伟大。

"难道我们永远都不搬家了吗？"我问妈妈。

"啊！可千万别！"她说。"幸好老天保佑，你爸爸也有的是耐心，我们才终于稳稳当当地定了下来。我只希望就这么一直下去。"

她告诉我，对她来说，这世上就没什么比搬家还要让人撕心裂肺、伤心欲绝的。

"有段时间啊，"她对我说，"可怜的人啊，跟流浪分不开了似的，这么说吧，生活飘摇，没哪儿扎得下根，没一个遮风挡雨的地儿。是啊，真是这样，搬个家，至少几个小时，人像偏离了生活的道。"

可怜的妈妈！她再反感，再比喻，也只不过加深了我奇怪的念想。偏离了生活的道！像流浪一样！在世上游荡！每一个字眼，都让我心喜。

我自己搬不了，就想着怎么也得看别人搬吧，看它是什么个情况。夏天来了。我心里的欲望不可理喻地生长。就算到了现在，轻描淡写都不能带过，更别说语带不屑了。一些欲望，似乎走在我们生活的前方，容不得我们取笑。

每个周六早上，我就到弗洛朗丝家附近打转。她爸爸——金发的脏汉子，一身蓝色工作服，嘴里总有点儿叽咕，甚至，也许还骂骂咧咧的——忙活着从工具棚里拖出大马车。把马套上，座位上垫了燕麦袋，父女俩上车坐在垫高的座位上，爸爸手握缰绳。我觉着他们看我时有点可怜我，隐隐约约带着怜悯。我有种被抛弃的感觉，自己不如人，艰险的探险不欢迎我。

弗洛朗丝的爸爸朝马儿喊了几句，整个马车震了起来。我看着他们消失在早晨清凉的薄雾里，该有多愉悦啊，他们。我朝他们招手，每一次，他们都不回头。我喊：旅行愉快。多悲惨的我，被人抛下，一整天遗憾地恨着，又被好奇心折磨得翻来覆去。今天见着什么了他们？这会儿在哪儿呢？一路上，都见着什么了？就算我知道他们怎么也走不远，却想象着，他们俩见着的，世上没人见过。坐在高高的马车上往下看，我想，就连世界，也变了。

终于，要和他们一起出发的欲望越积越烈，盘踞我整颗心，我决定求妈妈同意——虽然我大概也能猜到，永远也求不得。她根本不把我的新朋友放在眼里，她是可以忍受我老围着那父女俩转，伸着鼻子嗅他们身上马的味道、探险的味道、灰尘的味道，但我心里清楚，我想与他们同行，光这念头都得让她抓狂。

我刚开口，她一句话就堵死了：

"你是疯了不成？坐个搬家车全城跑！你瞧瞧你。"她说我，"整天泡在家具、箱箱柜柜、一大堆床垫里，跟些什么人啊你，不清不楚！不可能，哦，你以为舒服啊？"

好怪！比如，想象自己周围全是堆得高高的椅子，空了抽屉的五斗柜,从墙上摘下的相片,这完完全全从来没有过的念头,恰恰勾起了我的欲望。

"别再东想西想说蠢话。"妈妈说,"休想,永远都别想。"

第二天,我走到弗洛朗丝旁,想她和我说说话,滋养我心里对她的殷羡,即使忧伤。

"昨天你们去哪儿了? 搬谁家了?"

弗洛朗丝嚼着口香糖——她老嚼口香糖,要么含着糖——说:

"啊,我不清楚! 到红堡了吧,我觉着。人家那可搬得老远啦,东基尔多南那边。"

都是再普通不过的郊区名,怎么那会儿,到了我眼里,它们就染上了偏远、神秘又难以抵达之地的魅力,还让人有点心伤?

"你们见着什么了?"

弗洛朗丝的口香糖从这边嚼到了另一边,鼓起了腮帮,拿她有点傻的眼睛瞅我。这女孩没什么想象力。也许,对她父女俩来说,搬家的工作平庸得很,脏得很,累得很,就找不出类似的活儿。后来,我发现了,每周六弗洛朗丝之所以都要陪着她爸爸,只不过因为一到那天,她妈妈就要忙着做家务,家里没人照顾她,所以她爸爸得带上她。

再说,无论他还是她,父女俩都开始觉得我有点失心疯了,把他们的生活说得那么风光。

好多次,我问晒掉色的金发大汉,能不能把我也捎上。他定定地看我一会儿,像看个新鲜玩意——心想这孩子怕不太正常,说:"你妈妈要同意……"接着朝地上吐了口痰,一抖胯,裤子往上一提,又吐了口痰,给马儿喂点料,要么给车轱辘上点油。

搬家季快结束了。火辣辣的盛夏,他再不用担心伤筋动骨搬来搬去,也就帮些人腾房子,要么帮着搬到离新工作近点的地方,也都是少有的事。我心想:我要再看不成搬家是怎么回事,就得等到下个夏天了。谁晓得,说不定下个夏天,我就没那么大的兴趣了。

然而,一想到心里再没欲望的冲劲,我的心并未安定一些,反而更加不安。我开始懂得,就连欲望,也没法永永远远随我们所愿,消磨中也许就再也不在,换了别的模样。我们心中的欲望,说灭就灭,在我看来,却也更加动人,更加亲切。我想,欲望要是得不到满足,就会离开去别的哪儿,又恼又泄气,最后丁点不剩。

我的妈妈,看我总"胡思乱想",想着再给我说说她童年有趣的故事,也许能分分我的心。她想——哟,多妙的想法!——再给我说说她一家坐着大篷车穿过一大片平原的大迁徙。说实在的,是她自个儿要一再重温这趟朝向未知的动人旅行;说给我听,也许能一点一点耗尽她心里深不见底的乡愁,每每想起,生活,无论什么模样,摆在我们面前的,只能是乡愁。

所以,瞧啊,她又在说,大篷车上堆了一大堆——姥爷带了几件家具,怎么也得带上的纺车,这里一个那里一个的小包小袋——挤来挤去的啊,要穿过这辽阔的国家。

"那时的平原啊,"她对我说,"看上去比今天还要无边无际,天也是,除了无边无际还是无边无际。可以说啊,一路上一个村都见不着,甚至连房子都少得可怜。要离着老远还能一眼就瞧见一个房,那都不得了啦。"

"你什么感觉呢?"我问妈妈。

"我着迷了。"妈妈吐露心声,头稍微向前倾,像有点儿不舒服,怎么都怪得很。"迷那空间,那万里无云的天,那几公里孤独零星的几棵小小的树。我迷得不行。"

"那你多幸福啊!"

"幸福?是吧,我想。幸福得不知道怎么回事。跟年轻时候一样——感觉还更年轻了,就简简单单因为在路上,生活在变,还要变,一切崭新。好奇妙的事情。"她努力要我听到,"把这儿当家。说实在的,我就想着,就没人像我们全家,天生旅行家。"

她跟我保证,以后我就会了解:离开,那是生活中不停不歇的寻找,如果可能,还要一再开始——也许到了后来我也会厌倦。

这一晚,欲望翻来覆去,我睁开眼睛。我把自己想作妈妈,像她故事里说的,还是小孩的她睡在走过一个又一个牧场的大篷车里,看头顶一颗颗星星闪来闪去——有人说了,那是整个天际最璀璨的星。

我想,我体会不了。那已成过去,消散不再——怎么也只是过往的生活，湮灭在过去，现在没法重演，怎么也只能给我满满的忧伤，岁月和欲望一样。但还好，还有可能和我的邻居一起旅行。

我知道——也许我是猜的，人是该听爸爸妈妈的话，但也该听从一些最奇异的欲望，那么充盈又那么汹涌。

我一直睁着眼睛。第二天——其实醒来早已是第二天——是周六，搬家日。我做了决定，和皮谢特父女俩一起离开。

黎明了。我是真瞧见了吗？只感觉尚未清朗如洗的天空，天色犹犹豫豫，像一袭不干不净的袍子。

这一秒，欲望催我急，都要反了，我敢说，就没什么比这更幸福、更诱惑，更像下了令。我的心焦灼得紧，不由自主说出了声："睡吧，忘了吧。"我得离开。

是不是总是同样的焦灼？我生命里那么多次，焦灼地醒来，黎明时分焦灼地醒来，急迫地想要离开，有时悲伤，有时兴奋，但几乎每一次都向着未知的地方。每一次离开，是不是都一样？

当我判断天色不早时，我起床，梳头发。好奇怪，为了这趟马车漫游，我穿上了我最美丽的裙子，心想：惨就惨吧,就当我傻吧。无声无息地出了门。

我早早到了搬家汉家。他站在工具棚门口的朝阳下,打着哈欠伸着懒腰。疑心地打量我:

"你家长同意啦?"

我很快咽了口口水,点头。

不一会儿弗洛朗丝来了,一脸不情愿,还没睡醒的样子。

她爬到我们旁边,坐上车座。

"吁! 走!"汉子一声吼。

我们出发了,早晨正凉爽,我相信世界在变,万事万物都在变——也许我也变。

II

首先得说,旅行真的让我们看到了改变。我们穿过一座城市,空荡荡的街上响起好大一阵哒哒声,每间屋子像还在睡的样子,透着奇异的安详、静谧。我从没见过我们小小的城抽空后,如此柔顺的样子。

搬　家

　　我感觉,初升的大太阳亮白了小城,把它洗净了一番,仿佛整座城完全陌生、遥远,等待着被发现。然而我惊讶地发现,我认了出来,模模糊糊记得一些房子、钟楼、交叉路口,应该在哪儿见过。但怎么可能,今早我不是离开了熟悉的世界,正走在新的世界?

　　不一会儿,电车、汽车运行。看着地平线上涌动的车辆驶向我们,我心里生出强烈的脱节感,时光交错了一般。哪来的电车、汽车? 这时候我们还驾着马车。这么一想好开心。我们到温尼伯时,已然车水马龙,奇异的感觉涌上我心头,做梦一般,我啪啪地拍起了手。

　　也许,就算那时,城中心出现马儿拖着车也稀罕。我们周围的一切都跑得飞快,又轻巧。我们呢,拖着重重的步子,一副审慎的样子,像节奏很慢的庄严电影。"我是从以前来的,我是古代的。"心一热,我直嘀咕。

　　有人停下来,看我们走。我呢,也瞧他们,像隔着老远。我们和这座闹哄哄又躁动的现代城市,还有哪儿像? 时间一点点过去,高高马车上的我,成了活古董。我努力克制自己,才没向人群、街道、城市招手致意,他们像多幸运的样儿,竟然能见我们缓缓而行。

　　自然而然我就演了两个角色,演员和观众。有的时候,我是围观的群众,看着过去才有的马车惊人地出现,从眼前而过;有的时候又成了个大人物,高高在上,俯察着脚下当今这时代。

　　不过,受惊不安的马赶起来费劲得很,一路吵吵嚷嚷,路又堵,搬家汉出奇地怒了,我还以为他最冷静,凡事岿然不动。他嘴里一个劲叽咕咒骂,一有什么闯到我们道上,他就嗓门大开,一阵狂骂。我心里不舒服了,觉得他的烂脾气坏了事,现在这时代,我们不合时宜地出现,本来多微妙,得让这些可怜人多欢乐啊。我多想撇开他,但有什么办法呢,还得高高地坐他旁边。

　　最后,我们走了小路,安静些。那时我看是朝加里堡的方向。

　　"我们要上那儿?"

　　"没错。"皮谢特先生没好气地答,"是那儿。"

　　我热得受不了,头顶没点遮挡,又卡在大汉和弗洛朗丝中间,她可不会好心给我腾点空间让我舒服点。我身心都开始苦了。后来,过了几个小时,都快到乡下了。

　　一排排房屋整整齐齐,沿笔直的小小街巷,很快就到

了头,前方原野似平躺的世界,好大,全部拉伸开来,绵绵
延延,也许永远也见不到尽头,也见不着开头。我的心又
剧烈地跳个不停。

我心想,原野的世界就从脚下延伸,加拿大无垠的原
野从脚下延伸。

"我们要进真正的原野吗?"我问,"还是就在城市边
边转转?"

"你还真是我这辈子见过问题最多的小姑娘。"皮谢
特先生咕哝,其他什么都不说。

眼前的街巷都是土。风一吹,一阵一阵的灰。房子
稀稀疏疏,越来越小,最后只剩些随便乱搭的窝棚,什么
材料都有:几块白铁皮,几块刷了漆的木板,还有几块原
木,像是连夜赶出来的,第二天就可以拆掉不要。虽然没
完工,看上去却旧得出奇。我们停在这样一间房前。

那家人已经在堆衣物了,里里外外到处是纸箱,要么
乱七八糟往被子毯子里一扔,打个结做包袱,但做的还是
不太合皮谢特的意,皮谢特一进门,气得冒火。

"就给5块钱。"他说,"帮他们搬,人来啦,他们倒好,

还没好。"

我们所有人一起,把乱七八糟一堆东西从窝棚搬上马车。我兴致一来,抱了满怀的小东小西,东掉一个,西漏一个:锅盖不配套的平底锅,炒锅,缺个口的水罐。

我想努力让自己什么都不看不想,不顾一切要留住幸福的感觉。因为,实际上我已经看见,自己冒险冒进了阴沟里。眼前可怜的女人累得筋疲力尽,糊了一脸的头发,瘦骨嶙峋的孩子,她丈夫——和皮谢特先生一样,一点儿不讨人喜欢。看看他们,我发现,有的人、有的生活是注定的,我没法懂,暗无天日,可以说没有一点出路。所以我使尽全力地帮这帮那,当作义务,一个人搬超大物件。最后,谁都叫我一边静静待着去,因为我碍着所有人了。

我会弗洛朗丝去了,她就坐在不远处小小的木篱笆那儿。

"老这样?"我问她。

"是啊,就这样——要么更糟。"

"还可能更糟?"

"糟透了。他们啊,"她说,"还有床、柜子……"

她不想点明了。

"我饿了。"她一下决定,跑去打开小小的午餐盒,拿出抹了黄油的面包和一个苹果,当着我的面吃了起来。

"你就没带点吃的?"她问我。

"没。"

"你该带的。"说完,她继续大口大口地啃她的面包,半点也不分给我。

我看着那家人直着胳膊抬出老旧的床垫。新床垫看着就没那么触目惊心,但烂了一丁点,脏了一丁点,我感觉家里再没这么恶心的东西。然后,几个男人肩上扛着个破了洞的旧沙发、几只床脚和弹簧,走了出来。我使劲想要燃起激情,再生点火花。这个时候,我想,心里生出一个念头,算安慰自己:我们来帮他们脱离悲惨的生活,现在要带他们到更好的地方,找个干净的好房子。

一只小狗围着我们转,饿得嗷嗷直叫,也许也不安呢。为了我,更是为了它,我都想从弗洛朗丝那儿讨几口吃食。

"你不给它点吃的?"我说。

弗洛朗丝赶紧一大口全吞了。

"自己找呗。"她说。

这会儿,马车全满了,旁边的地上,差不多还有同样多的旧东西要装。

房子彻底空了,只剩几片碎碗碟,几块完全用不上的破烂布。女人最后一个出来。我想象中,就该在这一刻,最具戏剧性,最有历史意义,也许是一个手势,也许是一句日后也难以忘怀的话。但这可怜的女人,倦了,一身灰土,面上不带一点遗憾,跨过那一道门槛,抛下生命里两年、三年或者四年的光阴。

她只说:

"走吧,赶快,要想天黑前搬进新家的话。"

她爬上马车座,把最小的孩子抱在膝头。其他孩子和他们的爸爸得走一小段路,然后搭电车,赶在我们前面,按照说好的,到我们要去的地方。

我和弗洛朗丝得直直地站在后面,挨着一大堆家具。

现在,庞大的马车像个大怪物,揣着桶桶罐罐的,四面八方都在晃,椅子都倒悬着,大包一个个满满当当,上面伸出一点儿,下面漏一角。

马儿有得拖了。出发。小狗跟在后面追着跑,怕得

嗷嗷大叫,绝望得撕心裂肺,我喊了起来,像谁都忘了似的:

"小狗! 把小狗忘了! 停下来。等等小狗。"

每一个人都无动于衷,我问那个女人——斯密特太太:

"不是你的狗吗?"

"是我们的狗,是吧,我猜。"她回答。

"它都来了,等等它吧。"我近乎祈求。

"你还觉得不够沉呐?"搬家汉干巴巴一句话打落了我的心思,抽了马一鞭子。

又过了好久,小狗还在我们身后追着。

它生下来就不是跑路的好狗,腿太短,太弯,但它拼尽了全力。是啊! 它拼尽了全力!

难道它想跟着我们跑遍整座城吗? 我惊恐地想。那么笨拙,那么心神不宁,那么受伤,它准会被汽车或者电车压死。我不知道我最怕什么:怕看着它自己回到荒凉的小屋,还是看着它不顾一切跑遍全城。我们已经上了交错纵横的铁轨。一辆电车正从远处驶来,几辆汽车按着喇叭加速超前。

这时,斯密特太太从马车座椅上探出头。她朝小狗喊：

"走。"

放大了声量："走啊，笨笨。"

所以它是有名字的，至少还有个小名，但还是要抛弃它！

惊呆了的小狗，停下了，迟疑了一会儿，然后趴在了地上，眼睛望着我们，望着我们消失，在好大一座城市的边缘，害怕地呜咽。

过了一会儿，我很开心——请为我想想——眼里再也看不见它。

Ⅲ

我总是想，人的心有些像海，像起潮，快乐的潮水慢慢漫，幸福、开心的浪花唱着歌。但然后，高高的浪往回退，眼前只剩一片狼藉。这就是那天的我。

差不多把偌大的城又跑了一遍——也算不得偌大，只是布局零散，奇奇怪怪这儿一堆，那儿一堆，整片乱。

白昼的热渐渐散去。我甚至心想，太阳都要跑不见了。我们的怪物马车，像缺胳膊少腿的可怜野兽，一头扎进街巷的犄角旮旯，零零散散，走也走不到头，远在城边，逆着我们来的地方。

弗洛朗丝为了打发无聊，打开旧柜里一个一个抽屉，伸手探一堆杂物——印象里我好像见过这情景，一截截掉了色的绸带，旧明信片，背后也不知什么时候写的字："多棒的时代。吻你们，爱你们"，帽边上的羽毛，电费单，气费催款单，小孩的低筒鞋。她随手抓了一把，鼓着眼睛看，凑近了瞧，笑了，多吓人的小姑娘！有一会儿，她感觉我反感她，瞪着看她翻来翻去的我，大拇指一翻鼻孔，做了个鬼脸。

光线越来越弱。我们到的小街同样悲惨，不见一棵树，像极了接斯密特一家的地方，感觉白走了一遭。不就是想拉他们出窝棚，怎么兜兜转转半天又是窝棚？

每条小小的街巷后，又是无尽的原野，现在这时候几乎都暗了颜色，恰恰这时，与天相接的地方出现了浓墨重彩的红，无边无际的原野魂不守舍，而又悲伤。

终于，我们到了。

地平线尽染了红，跳脱一抹黑，孤零零一间小小的房子，没有地基，搁在那里，远了又远才见别的房。我看房子不旧，味道却重，也许是刚走的人没带走的旧货烂衣，但灯泡却舍不得留一个。

昏暗间，斯密特太太一声叹一声哎，翻她的包裹，全然忘了每个包裹她都仔细又仔细系了两三道，她自己说的。她丈夫，稍稍早到了点，恼火屋里暗作一团，烦他妻子笨手笨脚，不怎么搭理她。孩子们饿了，哭得凄凄惨惨，尖声尖气，很烦，让我想起被遗弃的小狗的哭声。男人和女人分别给一个孩子赏了一耳光，有点随机，我觉得。终于找到了一个灯泡。莹莹一线光，秀气得很，照见了那么悲伤的一个新的开始，像不好意思了一般。一个孩子，我不知道他哪来那么奇怪的喜好，痛苦地出声哀求：

"回我们家吧。这儿不是我们家。啊，上我们家！"

斯密特太太不管不顾，一鼓作气，找着灯泡，手往面粉袋里一伸，抄起平底锅和鸡蛋，给家里人煮起吃的。我想，这一刻我最伤心：可怜的女人，站在乱七八糟一堆里，几乎一片黑,翻起了煎饼。她做了我的那份。我吃了几个,我饿坏了。那一刻,我想她后悔抛弃了小狗。可怕的一天里唯一的一点晴。

　　这期间,皮谢特先生急得直咕哝:"快点快点。"说着就腾空了马车。所有东西全堆在门口地上,他跟斯密特先生说:

　　"5块。"

　　"但你得帮我全搬进去。"斯密特先生说。

　　"这辈子都别想。该做的我都做了。"

　　可怜的斯密特先生翻口袋,1块、2块、1毛、2毛硬币都掏了出来,捧给搬家汉。

　　这位呢,在屋内透出的微光下,点着钞票,说:

　　"对了,刚好。"

　　屋内透出微光,我瞧我们的马儿也累坏了,眼皮一翻一翻,放了空,也许去了太多人家搬了太多家。马儿应该愿意来来回回就那么一条路线——感觉离习惯不远。但他总奔向新的路程,去到未知的地方,张皇失措又沮丧。有了点时间,我手脚麻利地给每匹马儿抓一把嫩嫩的草儿,就在小街尽头,茫茫漫想的原野开始的地方。

回去时要说什么?什么都不说,当然都不说,所以我们一句话也没有。完全被夜色笼罩,很黑,悲伤,穿不透。终于就要到旧工具棚了,不远处的旧工具棚此时此刻在我眼里,比阿拉丁神灯的洞窟还要魔法无边,还要光辉神圣。

搬家汉还是伸出了手,搀我下马车。他是这种人——至少我当时这么觉得,一整天让你看见了他的暴脾气,讨人厌,最后一分钟就使劲想说一句好话弥补他自己造成的坏印象。但是,太晚了,太晚太晚了。

"没把你累坏吧?"我想他问了这么一句。

我摇头,快速道了声"晚安",勉强又别扭地说了一句"谢谢",逃似的跑了,跑向自己的家。人行道上静寂无声,只有我的脚步声久久地回荡。

前方就是生活,虽然卑微,却离皮谢特和斯密特一家十万八千里远。我想,一步一步跑着的我,顾不上欣喜,怎么也不会想到,搬家的一天,将生活的破败、黯淡又残酷的一面揭露在我面前,将从未有过地鼓胀我内心出逃的狂想。

统统没有,我只是心想,妈妈在担心,我要赶快见到她,求她原谅——也许也原谅原谅她,原谅她犯过的高深莫测的大错,虽然我一点不懂。

实际上她真的急得坐立不安——虽然邻居已经告诉她我一早就和搬家汉出去了。见到我的那一秒,火气占了上风,她甚至手都抬了起来,作势要打我。但我没想要躲开惩罚,说不定还盼着。但这一秒,说不清怎么,幻灭的荒凉爬满了我的心——气球一般膨胀的心,可怕地一点一点泄了气。我看着我的妈妈,冲她大叫:

"啊! 你不也天天说天天讲马车座马车座、以前以前,不都是你说原野里的世界看起来跟新的一样,美好又纯净?"

她望着我,惊呆了。

"啊,这啊!"她说。

突然,万万出乎我的意料,她拉近我,抱我进怀里温柔地晃。她说:

"你也一样! 你这孩子也有家族病,就怕离开。都是命啊!"

说完她将我的脸埋进她怀里,哼起了哀戚的小调之类,一支小曲,没几个词:

"瞧你可怜的。"她说,"都发生什么了,可怜的,瞧你可怜的啊!"

阿尔塔蒙之路

I

一天，阳光灿烂，天气很好，我们旅行，穿越大平原，我的妈妈和我，开着小汽车。几个小时，已经倦了的眼睛，看的还是一平到底茫茫的原野。我听一旁的妈妈甜蜜地怨：

"这么大一片平原，唉，克里斯蒂娜你说，上帝怎么就没想着至少摆几座小山？"

古老的魁北克省，她出生的地方，那儿的小山，这一年又一年的她说了太多：小小的山包凌厉，拔地成峰，劈出口子，被云杉拉长了墨线，甚至像带了敌意的守卫队，护着小小一方贫苦之地。这倒没什么好怀念的。但落在身后，落在我们家族开始之地的风景，总像个大大的问题摆在眼前,仿佛遗落在身后的小山与我们之间有种说不清道不明的关系,惹人困惑,却从未明晰半分……我唯一知道的是:有一天,姥爷想着想着看见——也许因为小山关上了?——茫茫原野敞开了。他马上就要走了,真走了。姥姥,她呢,稳如她的小山,挺了好久,终究也败下阵来。总是这样,做着梦的,带走了一个家。你瞧,我就这么想小山的。那天也是,根本不知道惹到妈妈了,我对她说:

"得啦,老妈妈,你的小山和其他没两样。只是想象给你的童年回忆描了花边,现在想来才那么诱人。真见着,你该失望了。"

"才不。"妈妈说,一有人贬损她几近 60 年不见的小山,她准火大。她压根不承认自己壮丽的想象给回忆里远之又远、褪了色的风景润了色。

这不,又说了起来。车轮下全世界最平的地方,曼尼托巴南边广阔的平原,寸草不生,过了好久才看见一棵孤孤单单的树。一棵孤孤单单的树,远远的,冒出地面的一丝一毫,都拥有了独特的价值,那么悲壮……偌大的空间里,就连一只鸟儿的振翅,都揪紧了人的心。

"想象一下,"妈妈说,"突然之间眼前天翻地覆,坍塌一地碎落的岩石,有的光秃秃一大块,有的覆了层青苔;然后有了小小的山,长着树,蜿蜒起伏,成了世上最最奇妙的事。克里斯蒂娜,人啊,总想往前瞧瞧还能有点什么,结果却还是陡峭,只能又探寻另一个蜿蜒起伏的地方,但感觉总是很棒……"

"是吧,可能。"我对她说。

我呢,无尽地爱着我们敞阔的平原。封闭的小地方总是哄着、骗着人往前,我想自己可没那耐心。平原里藏不住秘密,也许这是我最中意平原的地方。平原,一张等你发现的脸,只要你愿意,你会发现,无边无际远比一切神秘。我想象不出,小山,或者转瞬即逝的意外,能谜一般地召唤我,吸引我的眼球。模模糊糊的,这召唤似乎遇到了阻碍,减弱了声量,却依旧洞穿一切,我聆听着,朝向命运无数的可能。

"哎,你不懂。"妈妈说,"根本没法料想的高度。到了,就什么都值了。"

有那么一会儿,她蒙了灰的渴望又萌动生机,但现在看上去像全忘了。九月这天,天正好,还热着,但她看天的眼睛,写满了逆来顺受,有丝阴郁。满目光秃的大地,添了一抹说不清的忧伤的柔,像我们的心。秋是一个个遗落的日子,过了夏,还不到冬。我的妈妈张皇四顾。

其实,她活得热切,爱得深沉,就因着太热切,爱生活又太深沉,所以她宁愿时间定格在回忆里,也不要说走就走,像汇入大海的支流,说不见就再也不见。她和我一样,感觉齐齐一片稻草的黄,一眼到底天的灰蓝,构成了庄严的美,虽然对于悸动的心而言,也许太过一成不变。她说,但多好的旅行天!真是,秋天旅行真是绝了!上哪儿都行……

这一刻,我想她又开始感伤,我听到她叹息:

"这儿就是少了树,还有水。我那些小山啊,克里斯蒂娜,林林总总各种树,欧洲山杨、白桦、山枫——啊!秋天里火红的甜枫!山毛榉也绚烂。低处,一湾一湾,捕捉了多少色彩,我们小小的阿松普申河。"

看着我的妈妈越过曼尼托巴稳当的成年生活,探向生命里那遥远的角落,寻找往日的画面——我陌生的画面,却让现在的她无比幸福的画面,无论如何,我惊呆了,也许,甚至有些恼火。

这时,我们到了一个分叉路口,心里有点别的什么,我沉思一会儿,又或许,相反,什么也没想。到了今天,回想那天,仍有薄雾缭绕般,怎么也看不清眼前的一切,当我抵达那孤独的分叉。

II

想想,一条条小小的道路,笔直向前,不弯不曲,在加拿大草原上交错纵横,交织起无边无际方方块块的格子,上方,深沉的天像在苦思,该弄哪出戏,虽然永远没有答案。人在其中,要丢的,总是说丢就丢了。我的眼前,两条小道,交汇,分离,丛草间平铺向前,仿佛一个大十字架。两条小道完全一样,不言不语,没有标识,和天空一样不言不语,像寂静的乡下,周遭只有草叶窸窸窣窣,偶尔几声,远远不见踪影的鸟儿吱吱。

我全然忘了出发时舅舅的提示:左拐,接着往右,再左拐。要我说啊,这一条条道合起来,真是好大一个磨人的游戏,一步错,步步错,没完没了。不过也许这就是我要的。在这个孤独的分叉,我是不是分了神,没法完全入迷,没法再像往常那样不管不顾——往常,未知的道路总吸引我,像茫茫人海中陌生的脸庞。我在往前,我在思考,随意地——不过,是不是因为随意,有了如此神奇的一天？——两条道,我选择看上去完全陌生的一条。不过,实际上,两条道对我来说一样陌生。或许,虽然相似,但有一条,给了我相惜的信号？

走完这条小道不过十五分钟,始终笔直,平顺。遇上另一条相似的交叉小道,向远延伸。再一次,似乎我拒绝选择,只是随心或者凭着直觉。无论如何,有时候,我们更愿意这样随心所欲,而不是断然抉择。

好了,我们迷路了,毫无疑问。然后,难道只能折回头,重走一遍任性的路？那还是继续朝前。我就这样,我想,心里有团火,神秘又美妙,就想看着自己迷失在这无边无际又无遮无掩的平原。

为了省时间,抄小道上国道,我走了这一条条小小的道,一地之尽,这一条条小小的道,我们叫"叉道",别的路都不像它,去得那么远,却没有目的地。这一条条小小的道把内陆切割成无数的方块,而在远方,难以想象的僻处,这一条条小小的道,满满都是无聊,这一天也一样,我越走越烦。谜一样的天空下,又见小小的两条道无声地交汇,恰在这时,风闹了一下,吹起一点尘土,打着圈。我还记得两条小小的道悄无声息地拥抱,遇上却一头雾水:又要出发,但往哪呢? 从哪儿来,上哪儿去,小小的道从来不说。当我还年轻,感觉一条条小小的道不为实际的用途,就为灵魂一声惊叹,当它们孩子气地玩耍,乐得晕乎。

所以,我继续随意走。另外,也只得这样:与世隔绝的一个地方,向谁问路? 越走越偏,一个多小时过去,瓦片都不见一块。整个荒芜地带,甚至没有电。一生当中,我很少感到幸福,但有那么一会儿,我幸福。

为什么? 我还是不怎么清楚。也许关于信任,无限地信任一个同样无限的未来。我的妈妈,她要快乐,得往回看;而我,朝向前,朝向尚未触碰的一切,生命中等你靠近的一切就在天边,无法触及的地方,要你走过一个个未知的魅力、魔力,这样的一刻,难道不美妙?

妈妈半睡半醒,脑袋有些扛不住了,直打晃,时不时眨巴眼睛,也许她必须和自己的疲惫做斗争,因为她怕。她这一辈子,我最清楚,哪怕休息一分钟,睡上一会儿,都会莫名其妙地害怕刚好发生了最棒最有趣的什么却被她错过了。没办法,天热,景致单调,她的好奇心一点点往下跌,脑袋又耷拉下来,眼皮很重,垂落,我瞥见她眼里肆虐的疲惫,也许很快,无论她的热切,还是活着的快乐,也会昏沉。我记得自己心里算下定了决心:别等晚了再讨妈妈开心,说不定她等不了太久。那时,我想得很简单,不就讨个人开心吗?一句甜言蜜语,一次爱抚,一个笑,足够了。我想象中,让人心快乐是能力所及的事,却不知道,有的灵魂,到死也放不下对完美的渴望,悲剧一场,又或者,这世界再好心,终究满足不了最最简单的纯粹渴望。

或许我心里有怨气,妈妈要的,不是我盼的好。说真的,我很惊讶,老了,不时一身倦意,这样的妈妈,心里还住着我眼里青春的渴望。我心想:年轻的时候,时间一个劲往前冲,要看世界;到老了,时间却停了。

每天上百次,我对妈妈说:

"歇会儿吧您。还没做够啊?是时候休息了。"

她呢,那一刻,像我侮辱了她一般,回嘴:

"歇会儿!时间过得多快啊!让开!"

说完,她想起了什么,对我说:

"知道吗,同样的话,我对自己的妈妈也说过上百次,当我认为她老了时。我跟她说,歇会儿吧您。到了现在我才知道,这话多刺激她。"

这条小道,我随意地走来,走了一会儿,似乎上了坡,微微上斜,角度柔和,看上去应该不费劲。不过发动机有点使不上劲,要这还不能说明问题,就要看空气是不是越来越干燥,越来越醉人,如果是,我就能感觉到高度在攀升,一如空气些许的变化我都敏感。闭上眼睛,第一口呼吸,我就能认出来,那是海的气息,也是平原的气息,自然还是高地的气息,因为飘飘然的美,我感觉到了,上升着,仿佛卸掉了沉重——或者错误。

那时,我们一直往上,似乎看见了起伏的山峦,延伸到天边,半透明的蓝。

平原上的海市蜃楼,我习惯了。这时,正是时候,不可思议地出现在眼前,又或者说在情在理:有时是波光粼粼好大一片水域,盐湖,沉重,没有一点生气——死海就经常在我们那儿显现,在接近地平线的地方;有时是幽灵一般的村庄,围绕着层层的梯田。有一次,在我小的时候,一天,就我看见,整座城市跳脱出地面,在平原之间,一座圆顶错落的奇怪城市。

那只是云,我对自己说,其他什么也不是,但我还是赶着朝前,趁柔情蜜意的小山褪去之前。

但它们不像幻觉,随时会消散。移开视线,又回过来,它们还在,始终都在。感觉更清晰,更高大,或许更美。然后——我有没有想过?我们生命中那么多事事物物,都有那么一个不明的因素,无法解释,让我们怀疑是否真实存在——平原,从有了时间开始,平平顺顺,这时却看似奋起反抗。起初,隆起的山包绵延向前,分出道参差不齐的裂口,地面碎石飞溅,掘出裂口,越陷越深,一个个山包飞土高扬,四面八方灰尘漫天,整个平原,似卸下滞重,动了起来,浪一般飞涌向我,我也正迈向它。终于,再无任何疑问:我们周遭每一面,都有小山在逼近,隔着一段距离陪着我们,然后,一下靠近,将我们完完全全封闭其中。

还有,这个时候,小小的道明显在攀升,倒坦诚,还带点喜悦,高兴地小步小步往上蹦跶一般,像只幼犬,使劲扯着绳子。我不得不靠边变速。偶尔水滴到岩石上,清脆的滴答声在我耳畔响起。

"呀,妈妈是对的。"我心想,"小山真刺激,总和我们闹,伺机等着,吓我们一跳,真让人心悬。"

不一会儿,像妈妈渴望的那样,小山覆满了枯瘦的灌木,斜坡上不怎么稳妥的小树,却被太阳烤得温热,经受着热烈的光线,一片片树叶,随着光的调,在溢满阳光的空气里轻颤。一切的一切,焦黄的岩石,纤细的棕红枝条,猩红的叶洒满一片灌木,一切的一切,像个可爱的七巧板,凝滞,却能引发一声活力的尖叫!

这个时候,突然一下,妈妈醒了。

难道梦里有人告诉她,小山到了? 无论如何,风景最美时,她睁开了眼睛,我正想拉起她的手腕对她说:看啊,妈妈,看看眼前是什么,mamatchka!①

---

① 俄语(Мамочка)妈妈。——译注

一开始,她像深陷迷茫。眼前的一切是不是叫她以为回到了小时候,回到了起点,长长的一辈子又得重头再来? 又或者,她感觉眼前一切仿佛幻象,无非为了嘲笑她内心的欲望?

但那时,我还不够懂她。其实,比起我,她能更快地信任,面对现实,于是她能立刻捕捉到简单而可爱的真相。

"克里斯蒂娜,看看! 我们就在乐皮姆比纳山。你晓得吧,曼尼托巴南边就这一处山脉! 我一直想来这儿。你舅舅信誓旦旦说路不通。这不就是,这不就是! 是你,亲爱的孩子,是你发现的!"

那一天,我怎么敢扫她的兴,我怎敢为了弄清深层的秘密干扰她的快乐! 所有的快乐都那么神秘,面对它,我终于知道,言语单薄,总想当场剖析一个人的心灵,有多么亵渎。

然后,妈妈与小山间,一切来得寂静! 我放慢脚步,随她自己尽情地看。我发现她眼神飘飞,扫过小道每一个角落。再往上,左边一堆,右边一堆,小山一座座挤挤攘攘,像瞧着热闹,看我们一步步走过。遗世独立的小山,应该就只见过我们两个人类,最常见的,终归还是小山。然后,我停车,熄了火。妈妈急急忙忙要下去,怎么也扭不对把手,打不开车门。我帮了她。下一刻,无言无语,她独自离开,置身于群山之间。

干硬的荆棘勾住她的裙摆,她往上爬,仍然荆棘丛生,她动作灵活,像头小羊,不时扬头……然后我再不见她的身影。过了好一阵,又见她,在最陡峭的小山顶端,隔着距离,小小的身影很远很淡,单薄,孤零零立在岩石前突的顶端。旁边,一株饱经风霜的冷杉,高处随风而安,也佝偻着。看着她和它并排站着,妈妈和孤独的树,我竟奇怪地想,或许有时,必须孤独,才能认清自己。

但那天,她们说了什么,妈妈和小山? 小山把童年欢乐的灵魂还给了她,这是不是真的? 怎么人一老,没别的幸福,除了又见自己年轻的脸? 那不是件无休无止残酷的事? 怎么就幸福,哪来这幸福,两个自我的相遇? 是不是满怀着怜悯看自己年轻的灵魂消失,老灵魂发出一声温柔的召唤,穿越岁月,回荡:"看啊,我还能感受你的感受……爱着你爱的……"也许这声响在回应着什么……但回应着什么？她和它们的对话，那时我什么都不懂，我只是来来回回问自己一个问题，大风里岩石上，是什么让妈妈久久伫立，如果是过往岁月重现，又哪来幸福？七十岁的年纪，小山之巅，伸手探向童年，又有什么意义？如果这就是生活：重拾童年，那么，那一刻，当衰老遇上童年，在美好的一天，差不多就走完了一个小小的圆，曲终人散。一念之间，我惊恐地想要妈妈赶快回到我的身旁。

终于，她走下小山，怡然自得，从快死的小灌木上折了支红枝，叶似燃着火，整个迎向我，枝叶间她探出脑袋，手抚上她的脸颊。走向我时，她避开我的眼睛，过了很久，直到我们之间又恢复了寻常，这才迎上我的目光。

她又坐回我身边，一言不发。沉默中，我们再次出发。我时不时偷偷看她，见她眼里闪动着喜悦，似一池远远的水，甚至有那么一会儿，那么近，似乎伸手就湿润。她刚才看到的一切简直徒增烦恼！我突然心神不宁。这会儿，小山在我眼里变了形，佝偻颓丧，相当丑恶，我急着要见坦诚而明亮的平原。

这时，妈妈有些激动地抓住我的胳膊。

"克里斯蒂娜，"她问我，"是不是不小心走错了才上了这条小道？"

"好吧，年少轻狂也有好处。"我开玩笑地答她。

但我见她真的不安起来。

"那明年我们再回你舅舅家，也许你就再也找不着这条路了，也许永远都见不着了。"她说，"克里斯蒂娜，有的路，丢了就再也找不着了……"

"你想我怎样？"我就稍微取笑她一下，"难道跟故事里的小布塞一样，一路撒面包屑？……"

这时，一座座小山稍稍散开，奄奄一息的冷杉间空出一道口子，眼前出现了一个小小的村落，有山村的样，四五间屋高低错落，其中一间挂着块红闪闪的邮局标牌。就一眼，小村已不见踪影，不过岩石那边，流水的叮铃，伴了我们一阵。妈妈一眼就从邮局标牌上看到了小村的名字，那个名字，我想，箭一般射中了她的意识。

"阿尔塔蒙。"她对我说，脸庞绽放着光。

"那好了，你有个参照了。"我对她说，"你不正想这趟旅行清清楚楚吗？"

"是啊。"她说,"再也忘不了。克里斯蒂娜,我们把它深深记在脑海里。这可是到小山的关键,我们唯一确定的一点:阿尔塔蒙之路。"

她一说,眼前小山骤然低落,只剩小小的一块块,刚刚高出地面,几乎同时,平原迎来,四面八方一字排开,不动声响抹除、拒绝别的一切。妈妈和我一起回过头,看向身后。一座座小山湮没在黑夜里,几乎什么也不剩。天边,只有淡淡一抹轮廓,微微可见一条线,像孩子在纸上画着玩,一条线是天,一条是地。

Ⅲ

再一次,第二年,秋天,妈妈十分爱的收获季,我和她一起出发,赴这一年的约,上她哥哥家。一年当中总有两个时候,我的妈妈根本待不住家,她的心随季节变化,听到了最不可抗拒的召唤:播种时,收获时。似乎,有什么以神秘的方式通知她。城中心,大马路上,妈妈还踩着小碎步,有时正在商铺里,妈妈鼻子一嗅,直着脑袋,宣布:

"今天克雷奥法斯该开始种麦了……"三四天焦躁、坐立不安后,她干起了大扫除,做做针线,跑城里采购,一堆事要忙!兴许就为了消磨她迁徙的天性——要说我们家谁最迷出行,她绝对数第一,但后来她才发现,迁徙的心俘获了我们所有人,她的孩子,直到将我们一个个都从她身边夺走。

我们到克雷奥法斯舅舅家时,他们正打着麦子。

那时候,在我们曼尼托巴农场,打麦子那可了不得!雇来十二到十五个季节工往农场一住,有的进大屋,有的睡小谷仓,小谷仓收拾成宿舍的样,配了折叠床,有时似乎还打个窗,如果没有的话,就只能随时敞着门,透透气。

来的人,是帮佣,是客也是友——但我们一起时,关系好得何止这样!他们来自加拿大各个地方,也许我应该说全世界,因为实在太妙了,天涯海角各种国籍各种性格的人全聚到一块儿收麦子:某某大学新生,一天尽听他们说什么改革、变化;来自各地的老家伙;还有些游客,天生会讲故事之类的,一旦他们开口说话就好似生下来就为点亮黑夜;当然也有漂泊的各类人。总之,有人凄惨,有人喧嚣,不管是谁,无论讲什么,总要讲点自己的人生。

一想到从前,熬夜不睡聊着天,在舅舅的家,平原茫茫的夜,一间房……就像耳朵紧紧贴着海螺,听到了不停不歇的细语。孑然一间房,宇宙间有什么在颤动,所有人再疲惫也挡不住,夜一来,机器几个小时内不再呻吟,大家总要说点自己还有身边少有的事。

一轮轮比唱歌,一个个赛故事,也许就从这一个个夜晚开始,我的心油然而生欲望,永远再没熄灭:学好讲故事。我想那时我就领会了,这一才能多让人心伤却又多神奇。

是,妈妈从前就一直给我举例,说着姥爷姥姥的过去,但从没像那段时间那样,井喷一般,过去重现,带着非比寻常的力量。这片土地,说真的,那时非常现代化,舅舅从姥爷那儿接手,但姥爷自己接手的时候,还是蛮荒一片。

姥爷姥姥到西边,这是个老话题,对我妈妈来说却像块绣花布,一辈子功夫全耗在了上面,绣花一样,穿针引线,星星点点的命运灿烂其间。故事在变,壮大,越来越复杂,因为讲故事的她年岁在长,越来越衰弱。这时,我的妈妈又开始了讲述,我依稀听出那是从前梦幻了我童年的故事,同样的人物,同样的道路,却已物是人非。

有几次我们问她:

"但你之前讲的版本可不是这样,没这细节,这次才有。"我们有点恼地说。也许,我想,我们一心想要过去不变,至少过去不要变。如果就连过去都要变!……

"但就是这样嘛,我们变了,故事也跟着变嘛。"妈妈说。

那晚,我还记得,我出门,要遛几分钟,呼吸呼吸芬芳的空气。家那么热,那么生动,两步之外,入了夜,穿不透的夜,就跟那时妈妈老说的一样。我一直走到农场的小路尽头,身后黑乎乎一整块平地,这时候,发出窸窸窣窣的声响,像迎风的大衣。黑暗一来,抹去了所有痕迹,自然而然想象着,最最原始的时候,这片土地上缥缈着多少幻想,激荡着我姥爷的灵魂,却总让姥姥糟心。晚风轻摇,隐隐呜咽的夜晚,我感受到灵魂深处全然不同的他和她。也许我冒险的心严重地偏向那么爱冒险的他,自然拉远了她。

我收回心,走着,然后看见林子尽头,屋子透出光亮,我听见,另一个角落,说不清什么声音,低沉,隐隐透着幸福。劳作了一整天的牲口挤满了棚,农场里的大马悠悠地嚼着草,就是这声音,露出疲惫,我听着,还有休息的好。

大屋里,我们的人还在熬着夜,我见单独一边的妈妈和克雷奥法斯舅舅正忙着回忆姥姥的脾性。

"你记得吧,埃夫利娜?"我舅舅开始了回忆,"我们货车没到地儿,还在路上赶呢,找不着住的地儿,只能睡大露天,她脾气说来就来。是火升得不好啊,还是四面八方全是光秃秃的原野,她怕了呀? 一下蹦起来,把我们当流浪汉赶了,还放狠话:'啊! 烦够了,不跟了,你们哪来的! 我不认识! 你们走你们的阳关道,我走我的独木桥。'"

妈妈笑得有些忧伤。

"放狠话是逼急了。离开村子前,也许她想都想不到变化这么大。就你刚说那晚,她算是领教了。"

"问我们哪来的啊她!"

"是有点儿不对。"妈妈说,"虽说全逆着她意,但逼着也好,怎么也争取到她同意了。"

"必须的啊。"舅舅一口赞同,"得走啊。再说了,那边山,你想想,埃夫利娜,尽是碎石,地多贫瘠啊……"

"或许吧。"妈妈说,"但她拴在那儿了,我说你啊,现在你得明白了,人呐,并不尽是就着软的、容易的。"

一个青涩的小伙躲在大屋角落,自顾自吹着口琴。悠扬的小调淡淡地伴着人声,或许引向了思念。

"当时除了那样还能怎样?"我舅舅又拾起了话头,"西边在召唤,当时那就是未来。再说,去了也有道理。"

"当时那是未来。"妈妈说,"现在成了过去。活着就是学着,至少就着这点你也得尝试着去理解,青春不再,离开过去对她意味着什么。就说你吧,克雷奥法斯,你能心甘情愿离开接手的这个农场?"

"这就不是一码事。"我舅舅辩了一句,"这儿我可是狠下了功夫的。"

妈妈听舅舅,像在听一个隐身人,他像丢了魂,不停想让她听见。她抬起眼睛看着她兄弟,泯然一笑。

"那她呢,克雷奥法斯,在那儿,贫苦的大地上,要给我们个还算温和的生活,你以为她就没下苦功吗?"

"那倒是。"舅舅显得有些局促,"但我们离开那片小山那会儿我还太年轻,不怎么记事。你呢,你还记得吗?"

妈妈的思绪像飘远了一般,合十的双手定在那里。

"我记得,是的,历历在目。"

但她刚好想到了什么呢?童年遗落的久远的小山,还是曼尼托巴意外撞见的小山?那一天遇见,勾起了所有回忆,那一天起在她身上改变着什么,我看在眼里,因为仔细想来,自从我们的生命闯进了曼尼托巴的小山,我看到了她心里的等待,那么震撼,等待着过去来的声音,也带走了我身边部分的她。

忽然之间,我脑海里忽明忽暗地闪个不停。无论如何,如果关于小山,只要敞开说,所有问题都能解决。但看着小山时,她到底为什么一言不发?这一整年,无论她来来回回想些什么,一次都没有说起,我就这么觉得。

我开了口。

"舅舅,"我问他,"您知不知道阿尔塔蒙这个小村?连个村也说不上,就几间房……"

"阿尔塔蒙!"舅舅静静地抽了口烟,接了我的话,"那小地方奇了怪了,是吧,早就半死不活了。我对那地儿就没过好感。上不着天下不着地,闭锁。我从来就没想明白,放着直直又便利的平原不选,怎么眼珠子就盯住这小高地不放了。不过差不多也得有五十年了,这地儿怎么说也吸引了些苏格兰的移民,我想着,他们是把那儿当成了身后故乡的缩影。但多傻啊!苏格兰高地人在那儿,自个儿的灶火都挺不久,一眨眼的工夫全散了,又往故乡跑,要么到了城里。到了那儿,就是场灾难,瞧瞧这阿尔塔蒙。"

"不过,"我听到自己像在替妈妈说,"穿过那整条小山脉,一晃眼倒奇特。"

"你说有条路直穿整条山脉!这么说,应该很难发现,因为就我认识的,就从没人打那儿过。"

这时,我发现妈妈不安地瞅着我,似乎生怕我说太过,舅舅知道得太多,她用眼神告诉我,这是秘密,什么都别说。行,就这样吧,我舅舅本来就不怎么放飞想象,有时实实在在一句话就把想象打没了。奇怪,姥姥亲亲的儿子,完全印着她模子刻出来的他,那么现实,那么依赖自己所拥有的一切,恰恰就少了那么一点想象,理解不了她。

进入了下一轮对话。舅舅拉进了一个老挪威,平时总不吭声,该他说时却健谈,突然就操起他浓重又粗粝的口音描述故乡的山,辽阔的峡湾深深地迎合着,海水慢慢往上。

忧伤的回忆之夜，多少次就这样，梦一般隔着距离，又见遗落的地平线。

IV

时光越过我们，往前。妈妈从来不说，那我又是怎么知道她恋恋不忘小山的？难道是看她一脸柔情，一脸柔情忘了现在？

我们静静地出发。经过几座村庄，人来人往的道路，我们到了几乎无人烟的原野，尽头隐约勾勒着微微隆起的地方。

再一次，穿过寂静的小道，一个岔口又一个岔口，不想，不迟疑，似乎地图上没有我要去的地方，相信着走到底，就到了。再一次，一边是呼呼作声的草，一边是四处灰尘仆仆忧伤的地，做梦一般，一个十字路口又一个十字路口，我载着妈妈径直开向小山，但她没有醒来看一眼完全展露的小山。之前好一会儿，她就沾了点座椅边，好好地候着,仔细地看着,幸福中平静地等小山来,和上一次旅行的悸动形成鲜明的对比。她幸福地确信着,也许她能感觉到小山很美,很真实,但这份确信,染上了淡淡的忧伤,似乎见着了,心就会隐隐作痛,那么真实,就该说声再见了。

不知道为什么,我问起了姥姥。

"她一辈子都这么吵来吵去,还是后来才这样?"

妈妈像从梦里醒来。

"奇怪,你跟我说起她,我也正想啊,她多孤单啊,夹在我们中间,我们呐,她的孩子、丈夫,可以说完全是另一个物种。我多想把她从天堂叫下来,一会儿也好,把事情理理清楚……"

"但姥爷的梦她从来都不愿分享,姥爷不也孤单……"

"是啊,也许吧……"她继续,"好奇怪,活久了就发现,生我们的两个人,影子还在我们身上,借着我们,你争我斗,谁都想完完全全地占有我们。"

"你说这话多瘆人。"

"瘆人? 哪啊,他们可不这么看,虽然对承受的人来说,一个人背两个人的影子,很多时候没那么容易。"

她眼里电光一闪,坦承:

"年少时,我看我爸爸完全像看自己,看我又完全像在看他,我俩是盟友。妈妈兴许就带点怨气,说我们是'同类中的同类'。我以为我只像他,心里还挺乐意……我一心一意几乎只爱他一个。"

"然后呢?"

"后来,"妈妈说,"人生第一次幻灭,第二次,第三次……我开始发现,自己身上显露出我妈妈的性格特征。但我不想像她,可怜的老太太,不过也令人敬佩,不想,我就抵触。人到中年,我赶上她了,或者是她把我给赶上了,怎么解释呢,这种跨时间的交集。有一天,你想啊,当时我都惊呆了,我比了个她的手势,我愣住了,第一次,就跟呼吸一样自然。另外,我自己的面貌也开始变了。年轻时,谁都说我是你姥爷的活照片。渐渐地,一天一天,我看着这张脸,也不知哪来一股劲,没完没了地拉扯着我的面容一变再变。现在你老实说,难道我不像你姥姥,到这年纪的时候?要我说,像得吓人。"

我不安地看了她一眼,忍不住觉得有那么一点道理。

"看脸,是,也许像,但性格不像。"

"性格也会像的！况且，我也没再愤愤不平了，成了她，我就理解了她。哎，真是生活中最惊人的经历。给了我们生命的人，转过来我们也给了她们生命，早晚我们的自我都要迎来她们。然后，她们就在我们身上住了下来，就像出生前我们住在她们身体里。真是奇妙极了。现在，每一天，我活着，就像在替她发声。所以，我都不再说，瞧我就这么想的，事情就这么发生在我身上了……反而心里有了觉悟，有点讶异、忧伤，但也快乐。我想的更多的是，哎，是啊，她可怜的一生就这么完了，她感受过，也挣扎过。遇见了，"她说，"最后总又相遇，但太晚了！"

这番知心的话有些沉重，我看到的，不是什么奇迹的相遇，而是说不出的难受，竟然侵犯一个人的人格，侵犯一个人的自由，轮到我反姥姥了。

"谢天谢地，你压根就不像她。首先，你跟姥爷似的，像匹拴不住的野马，你压根待不住家。然后呢，你还算不上大吵大闹……"

我小小玩笑了一句，她撇了下嘴角，回说：

"会有那么一天的……还有，你姥姥没说的那样大吵大闹。"她尖锐地指正,"她那样,全是我们所有人逼的。"

"怎么会?"

"抵触自己内心的爱。抵触又分两类:一种闭上眼睛不看,这样温和;另一种,瞪大了眼睛死死地看。她是后一种,挑剔,苛刻。"

"但如果照你说的,她真的那么爱姥爷,怎么就完全不能原谅他呢?终究他就是带她到了西边闯荡。"

"爱,就是很难放过一丝一毫爱的过失。"

"意思是姥爷坚持不惜一切代价搬了家是爱的过失咯?"

"哎,我又怎么知道。"妈妈承认,"实际上,两个人都有道理,也许这就是原因,生活中彼此那么疏远,谁教谁都有他的道理。"

"还真是啊。"我说,"如果爱和婚姻像你说的,似乎就用来磨人……"

"磨人!"妈妈大叫,"我试着跟你解释,但你显然什么都没明白。恰恰相反,就这么一条路,如果你想稍微走出你自己……算了,你还年轻。"她突然温和下来,放过了我。"就这么年轻下去吧。"她要我这样,好像全在我掌控之中。"就这么年轻下去,一直一直和我在一起吧,我的小克里斯蒂娜,这样我就不会老得太快,大吵大闹。"

我们一起笑了。然后,妈妈看向了小山,我看她无拘无束的灵魂在小山间欢乐,当她还没有占有意识,当整个世界,事事物物第一次呈现在她面前,只为了她。这小小一条路为什么对我的老妈妈那么重要,我更懂了一点。无拘无束地迎接一切,不用做出重要的抉择,不用打破一切的可能,无限自在,有时也折磨,这应该就是青春。也许就因为某天,自在了,妈妈就又呼吸着纯粹的气息。哎,她再怎么说人类的爱与束缚完美着我们,透过她,我感受更深的是,只有在孤独中,灵魂才能品味释放的自由。我听到身边的她大喊:

"小山太迷人……年轻,你不觉得?"

"年轻?我不知道。相反,要说这山,还真是十分久远的地形。"

"啊,你话太多!"她有些恼,又有些说教,"知道吗,克里斯蒂娜,你得把这一条条错综复杂的小道画成图,因为出发的时候你根本不问路,要么上了路,就说问路违背了旅行精神,说什么只要相信脚下的路就可以。好吧,都挺好,但你为什么不把我们这小地方画下来做成图呢？否则,早晚有一天,"最后一句,她责备的语气里有刺,"最终你得丢了我的阿尔塔蒙之路。"

我哈哈大笑。之前我脑子里想的什么,那么阴暗又离谱！妈妈一点事都没有,她不老,她没有衰老。实际上,她才刚刚十五,一个小姑娘！

V

有时,我已经听见了,不竭的呼唤,陌生——不是别的哪儿,就来自我自己。我正和伙伴一起玩耍,那声音突然就要我离开,试试身手,有时是世界抛给我的挑战,有时是我自己,什么样的挑战,却模糊不清。

那一刻,我还能挣脱,然后他一再重复,一字一句清清楚楚,我终于听到了,每一个角落都有那声呼唤。(我说"他",还能怎么称呼？都一步步成了我的主宰,专制地捕获了我。)会不会有那么一秒,我正无忧无虑地幸福着,对于未来也有合理的小计划,这时就听到了他在斥责：你还等什么？早晚你都要离开……我好想问一句:你是谁,为什么追着我不放?……但我不敢,我发现自己体内这奇怪的存在,对于给我和他人造成的困苦完全无动于衷,似乎必须如此,况且,他就是我自己。

但我的生活让我快乐,小学教师的工作完完全全地填满了我的生活。而且,我还有我的妈妈,而她,只有我。

不过,这生活,仿佛感觉到了威胁,于是为我填满了关怀,展现在我面前,又是一副无限温柔的样,显得前所未有地珍贵。当我们热爱生活,生活也倾尽全力地爱我们,像是奇妙的心领神会。

我总记得我生命中的那一年,也许是最后一年,我和人与事紧紧地生活在一起,而不像后来有些抽离,当我们想要用言语表达,无论如何就已经隔着距离。那一年,所有的一切就在那儿,还在那儿,因为还有些确切又合理的义务让我和生活紧紧相依。天下着雪,我天真地尽情感受着脸颊湿冷的感觉。起风了,我跑起来,要看看哪来的风。在我眼里,我们小小的城市,不是一个谜,不是一张请柬,要我掀起房屋看看里边藏着什么——那就是一座小小的城市,有着亲切的屋子,我了解每一个人,了解他们的习惯,什么时候出门,什么时候离开。还有那么一段时间,我惬意地享受着生活……而不是站在一旁。然后,再后来,我再难完全地投入其中,我再难看见事事物物和每一个人,除非借着白纸黑字,我学会了用一个一个的文字搭起脆弱的桥,想再去一探究竟……真的,有时也为了交流。慢慢地,我像成了哨兵,窥探着思想、人或物,这激情虽然真诚,却耗尽了无忧无虑,但活着,就得无忧无虑。

所以,还有那么一段时间,我还享有自我思想的自由——思想自由的人知不知道自己有多幸福?那时在我看来,思想没有重要到该把它半路截下,定住,守好,拿来使用。我的思想,就那么自由自在地,走在自己欢畅的小路上。

如今,脑子里生出念头,我就心想,是为下一波铺垫,于是翻翻找找,加工。于是思想,成了我的负累。

后来有那么一段时间,感觉抽离,我再也感觉不到真实的热度,而那恰恰是我最最依赖的,仿佛我的财富。从此以后,我就怕再一次一无所有。

我走在我们小小的城市,眼前的城市那么飘忽不定,苍白得好像电影画面:每条街每个角落的房都像纸做的,街空荡荡,擦身而过的每一个人,怎么也听不到他们的脚步,怎么也看不到他们的脸庞。雪呢,怎么也感觉不到落在了我的身上。还有,我呢,要说的话,空落落的……

有时,像从井底冒出来一样,心里陡然生出一个问题:你在这儿干吗? 于是,我环顾四周,努力抓住点什么,一夜之间,熟悉的世界坍塌了。

但可怕的感觉还在:我在这儿全是偶然,自我世界里还有未知的地方要探,也许那儿,会像我的归属。那一整天,始终伴着我的,就是那简单一句,看似没有意义,却那么震人心弦:完了,你不在自己家了,现在你在别处。

有一天,受不了了,我试着和妈妈描述我的感受。

“妈妈,在你的生活中,有没有过那种感受,人在那儿,却像走错了地方,自己倒像个外人?”

“常常。”她说,这简单一个问题像把她抛进了可怕的梦里,怎么也走不出,那么孤独地想要知道自己怎么看自己。“那你信不信,这世界上还有好多人,十分满意自己的生活,根本感觉不到局促——或者像个外人,如果你更喜欢这说法?”

“你从来就没讲给我们听,除了这次……”

"有什么用！年轻人，你要知道，我曾经多么热切地渴望上学、学习、旅行，尽可能地提高我自己……但我十八岁就结了婚，很快又有了孩子。我没那么多时间给自己。有时我甚至幻想着本可以成为另一个人，好过自己千倍万倍……比如说，一个音乐家，是不是挺傻？"她赶紧补了一句，像要甩掉嫌疑，藏着不被我看穿，"所有人都做同样的梦，所有人，我跟你说。"

"要是再来一次，你还结婚吗？"

"当然。看着你，我就对自己说，什么都没失去，你会代替我，更好地完成我未了的心愿。"

"补偿吗？"

"胜过补偿。难道你还没明白，父母真在孩子身上重活了一遍？"

"我觉得你倒尤其活出了你父母的样子。"

"我活出了他们，也因为你重活了一遍。"

"多累人啊！你都不是你自己了。"

"也许那正是生命中最闪耀的部分，身后是活过的他们，前面是活下去的你们，我就活在中间，正正的中间……"

但我想,这一切,没有跨入我想说的话题。

"听我说,妈妈,你会同意吗,如果我跟你说,说不准马上……"

"你想说什么?你不会也想走吧?"

"是的,妈妈,一两年。"

她久久地凝视着我,像好远好远,离我那么那么远。我只是告诉她我想走,但我受不了看她这样,抢先一步走远。然后她破口大骂:

"走,你也走!你和我背着干。我早该发觉……"

突然爆发的情绪吓坏了我,但我看她下一秒努力镇定下来,克制自己。她问我,声音里没有任何情绪:

"走!上哪儿?"

"欧洲,妈妈……"

"欧洲!"她大叫,多远的一个词,情绪又上来了。"为什么?为什么?你上那儿干吗?那些个老国动乱!跟我们完全不一样!"

"正是如此,妈妈,不一样才要好好看……但我最想去法国。"

"法国!"她轻蔑地一句喷来。这一辈子,说起法国,她总怀着最高的敬意。

"你想怎样?"我说,"从小到大是你让我相信法国是我们所有人的故土,到了那儿就跟回家一样。"

"得了,那不是真的。那才是一直以来最大的白日梦。"

"也许,但是不是总得去看看,再说是不是白日做梦?"

"啊,你话太多。"她神经崩溃了,过了一秒又尝试柔和一点,又或者是想保存实力,以备持久战。"首先,如果你想写作,你没必要大老远跑遍全世界。我们城市虽小,也是人待的地方。和别地儿一样,这儿大有写头,快乐、忧伤、生离死别……"

"不得走远了才能看个清楚?"

"走远!我一辈子听这话也够了!我哪个孩子没在说!但到底你哪来的冲动?"

"大概是你。"

"好吧,大概吧,但我没甩手就走。"

"试着理智点。"

"理智!"

她又钻牛角尖了：

"一个作家,真正需要的只是一间安静的房、纸和他自己……"

"自己,你不说得挺好!"

"就为了做自己,你就要和一切都断干净?"

话说到这样极端的地步,一时间什么辩解都悬在一旁,我和她,气呼呼地看着对方。

"要说就算昨天我还以为你是幸福的。"她怨我。

"想想吧,妈妈。"我对她说,"你和姥爷,为什么能够一路向西,发现了大平原,还不是因为你们丢了一个地方。"

"你竟然胆敢说为了发现就得丢了一切?"

"任何时候都要有所放弃。再年轻一点,你就能够理解。"

"理解!"她大吼,"你以为年轻就理解? 理解,那要的是经历,是一辈子……"

"那好吧,既然你比我都懂……"

"又来,给我收回你的刺。难不成你想打发我? 像从前跟我一起打发我可怜的妈妈那样打发我?"

"事实上你已经像全了她。"我大错特错,她一句不说,只有看我时受伤的眼神。

没用。她听不进,也不想听进我说的任何话。我也真是个可怜虫,竟然会以为面对一颗起伏不定的心,说理有用。我们怎么也有些像敌人了,我和我的妈妈。老来她也痛苦,为什么与我敌对?还能怎样?当父母举起反抗的大旗压制自己孩子的时候,反的不就是自己大胆无畏的青春?只不过冒险多了成了疲惫,到了疲惫不堪的年纪,曾经的无畏就成了烦扰。

将近一整年的时间,妈妈一步不让,一再抵抗我越来越像曾经的她,打击我,说那样太苦,也嘲笑,有时,她竟然带着怜悯,我怎么也想不到。

折磨的几个月里,这世上,四季变化也随它,她眼睛只盯着我。

有时,要是几个星期我都没再说起自己的计划,或者就因为我看上去又对别的什么产生了兴趣,不知怎么,她隐隐透着希望。要我说,她两颗眼珠滴溜围着我双眼看,那一秒,我要不逃,就被她驯服了。

这一次,春天来了,她却后知后觉。虽然春来得晚,却过了太久,都快走了她才发现,又一轮四季更迭。已然炎热的某一天,她抬头望天,哑然地叹息一声:"克雷奥法斯应该早就开始播种了。他的地……"说着说着,像迷失在了梦里。

然后,夏天也给我们抛在了身后。十月初我就要离开。我预定了三等舱的票到巴黎。从曼尼托巴最底的小城到启蒙之城,我天真地说,这是好大一步。计划板上钉钉了,我却怕了。我开始害怕,离开那兴奋的一刻,也是走进社会试试水深水浅的一刻,我怕自己太渺小,心承受不住。不过,极端地脆弱着,却是认识自己最必要的一步。

姥爷应该明白,当他一头扎进西边仍旧荒芜的大地。也许,无论如何,我们离得不是太远,他走在前面,细听尚待开发的蛮荒在呼唤,而我,生在尚未成型的年轻国度,却听着高精尖的城市在呼唤。

另外,我们这个家族总是这样:一代人向西,下一代折返。我们一直在迁徙。

也许,妈妈就差承认自己太老离不开我了。人在某个年纪还能承受住,看着自己的孩子离开,但接下来真的就像要夺走他手里最后一根稻草,像所有灯一盏一盏全灭了。她太骄傲,没法不顾一切留下我。但没有一丁点安全感的我心里沉重得难受!妈妈本来应该让我满心欢畅地离开,什么都不说,除了祝福的话。

有时,无论我怎么反抗,她都敢扛。

"说不定到了那边你得吃苦。你靠什么活?"

"我钱就够用一年……也许两年,再多我就应付不了了。"

"我会担心的。"她说。

我有点火大,回说:

"干吗担心?千万别。"

然后到了那天,我问她:

"在我卖掉小车前,要不要一起到克雷奥法斯舅舅家?回来时,会再经过你的阿尔塔蒙之路。"

VI

这一次到底怎么了？我看小山不再那么高，不再有山的样子，几乎没一点好。难道是我心已经在路上？眼前的小山再也比不上未来之路的山脉——从我很小时就一直在心里默念它们的名字：阿尔卑斯，比利牛斯。

也对，这一路，真算不上晴朗，这一年的秋，阳光不似往常灿烂。要说得好听些，天色随意，要老实说，烦闷。要换作其他时候，妈妈准说是霜冻的缘故，霜冻了，至少就得等上一天，给自然发出警告，换上炙热的调。但她一言不发。这还真最折磨，两个人几乎得避开一切再不讨喜的话题，也只能落得平淡。过了一会儿，我转向她，见她沮丧地沉着脸。

"这不是我们的小山，克里斯蒂娜。你肯定搞错了路。"

"不过……"

"我们的小山更紧凑，更集中，还更高。"

"应该是习以为常了。"

"但第二次穿过小山,你想想,看上去还是那么迷人。"

"好吧,也许今天看上去才是小山一贯的样子。"

"啊,你真觉得?"

我成功地动摇了她,她开始张大了眼一处一处细细地看,一脸困惑,看着悲壮。这一次,少了什么?是小山?或许是因为我们的眼睛?无论怎么看,妈妈的眼里,再也看不见上一次旅行时一丝一毫的影子,青春飞扬释放的光。当然,我知道,幸福的回忆不会说来就来,那属于另一个世界,不随我们的意愿,但我就一根筋,一心就想再一次,在我眼前,妈妈再青春一次。

"还是很美,小丘。"

"是吧,但不是我们的。"

某种意义上,这就是我们穿行而过也爱过的风景,但模糊了。好难受的感觉,像看着爱的人的照片,却模糊不清。

前方,渐次冒出的还是一个个土包,没有太大起伏,拢起闷闷的热。妈妈的眼里,终于只剩空洞,有些无动于衷,像盼着现在一切失去,兴许她一点不会在乎。但是,我这一辈子最无法忍受的,就是无动于衷。也许衰老需要一点点无动于衷,才能每天看着自己一再失去,在一次次打击中撑下去,但我不管。

"妈妈,漂亮的小山围绕着,你却要睡了?"

她惊跳,抬着眼环顾四周,一时间,发现一处重峦叠嶂,嘴角开始上扬,也许不为重峦叠嶂本身,而是背后迷人的什么,看着那样生机勃勃,就在远远的地方,触碰不到的远方。但她希望灭了,眼神黯淡下来,她低声咕哝,骂我:

"我早就跟你说过,你终究会丢了我的阿尔塔蒙之路。"

我丢了吗?

脑海里我尽可能地过了一遍惯常的路线。过了寂静的十字路口。首先,难道我根本就没犹豫,走了另一条道,而不是上次那个方向?怎么才能确定?真的,阿尔塔蒙之路,像一个梦,我是不是才知道?两次,莫名其妙,不用寻找,自然就到了。有的路,一心要找却找不到,阿尔塔蒙之路不也一样?无论如何,地图上没有一点痕迹留给阿尔塔蒙之路,大部分地图也的确不会考虑小于十户人家的小村和进村的路。但我一再问自己:妈妈是不是一下子老了很多？她还能不能等等,就等着我准备好做给她看我想做又能做到的一切？如果她等不到,我一心要做的事在我看来又有什么意义？

于是,我听见自己对她说了一句,有点不耐烦:

"要不是阿尔塔蒙之路,你以为还能是哪儿?"

还是吗？

荒无人烟的小山会不会有两条路:一条,轻而幸福,攀向顶峰;另一条,在低处,顺墙垛一圈,挨着神秘的小村走一圈,却永远也走不进去？

再一次,妈妈张大了眼一处一处看道路的每个角落,越看越细,越看越悲伤,我想我看见她眼里露着怯,怕再也不知道眼前的风景给她的讯息。因为她太老了？还是太疲惫？还是记忆力衰退？还是不再敏感？因为这一次丢了也许就是永远。

和前几次一样,车开向平原,我们回头眺望。已然昏暗的地平线再无半点小山连绵的波浪线,我们曼尼托巴天上总有的云也不见,不见一朵朵模仿着小山的它们。

阿尔塔蒙之路

　　我们面前出现黄色箭头的路标,高高一座,上面画着野牛——从前的大草原,都是野牛的天下,任它们在一望无际中游荡。如今铁皮板上标明了曼尼托巴条条大道,尽可能以最直线的距离从一座城市到下一座城市。开了好久的车,我们还在乏味的高速公路上,车挤车,这时,妈妈抬起头,呛了我一句:

　　"不,克里斯蒂娜,这不是阿尔塔蒙之路。"

　　"你怎么知道?"

　　"因为没见着阿尔塔蒙村。"

　　"那么丁点大的地方!"我说,"经过的时候看走了一眼就错过了。你想想,就集中在路的一边。"

　　她慌了神,又迷惑,但下一秒努力找合理的点来反驳我。

　　"过那条路时我两边都好好地看了。"她说。

　　眼前,平原正中,草间凭空冒出一间水泥厂,砂石烟灰迷蒙,一切窒息。紧接着一个个新起的钢筋水泥建筑,一模一样的房可悲地沿大道排成一排,仿佛给沉思的平原设了边界。在我们这儿,新兴的城市还没来得及自成一格,与大得惊人的自然和谐相处,真的,周遭,没有一地不属于自然。不过,有时候,我感觉平原也许想象过要这一座座城市,属于明天的城市,像它理想的自己,这时,与地平线平行的地方,一座座城市如海市蜃楼,奇迹般地拔地而起,完美地占有着自己的位置。

"不是你的错。"妈妈又开始了,"但错过了阿尔塔蒙之路,今天就是好遗憾。"

什么叫作"今天就是"? 我呢,想尽量对她好一点,也想补上我们之间缺失的曾经的快乐劲,于是我喊了她的名字。有时候我想,我猜啊,我想和她贴得更近的时候,我就会喊她的名字,也捍卫着我发狂的青春自由,于是我对她说:

"埃夫利娜,下一次,我准能找着你的阿尔塔蒙之路。等我从巴黎回来,你呢,还会热切地爱着旅行。我们一起去阿尔塔蒙。另外,等我有了钱,我们还会一起有更多的旅行。但是,为什么不找一天,就我们两个,比如一起去看看,姥姥的小村庄那儿,魁北克那边,真正属于我们家族的小山呢?"

她尖锐的眼神刺向我,那么悲痛,那么孤单,我再也不敢说下去。也许,那天没有再见阿尔塔蒙之路,无论如何,真的很重很重……

    因为她再也没有四处旅行,年龄绑住了她,还有很多迫不得已。不然,就算她还去了一些地方,也只是为了帮帮她四散飘零在这辽阔大地上的孩子。但,那算得上旅行吗?是不是这仍然算种生活?等待,一个人独自在曼尼托巴尽头,等待,而我,要踏上世界的大道,寻找自我。在巴黎、伦敦、布鲁日、普罗旺斯,也有人走小小的道,为了学着排遣孤独,比如,穿过另一座山脉,靠近摩尔的拉马蒂埃勒,沿着长长的科努瓦耶海岸,走向延塔杰尔的圣伊夫?……

    我寄了些明信片给她,草草几笔:妈妈,要是你能看看巴黎圣母院……在一个春日看看丘园……妈妈,远远地站在博斯之外的地方,看着沙特尔,你永远无法想象,还能有更完美的景象……

    我的家园,空空地等待着,旷远的孤独和些许的心碎,却仍未揪紧我的心。外省小城尽头那遗落的生活,又怎么搅动我正青春的陶醉。还有,学着认识自己,学会书写,要那么久那么久,久到我从未想到。

我的妈妈，耐心地一字一句写了很长的回信，温柔，心细如发，也编着谎话，那么多谎话。她向我保证，活得极其充实，眼下再没多的渴望，甚至没多想到处观光。只有一次，她写到小山，牵动着她生命里遥远的过去，再一次让我们想起姥姥，她提议说：等你回国，如果你觉得不算太远，就去看看吧。离蒙特利尔没那么远，可以一直到若列特，然后再往上……

跨越海洋，我们的对话多怪，我只谈我的见闻，她呢，那么克制的几句简单的话，那时候我从未想过，为它感动流泪。

现在她认同了。"你离开真好。冬季太过严酷。我见你见识不少，长见识了！该多令人激动！好好利用你在法国的一切，千万不要心急……是啊，我身体很好……感冒快好了。我觉得你写的短篇非常有趣……"

但这算什么，如果她给我一点时间，我可以为她做点什么。但我在的地方，始终，始终都只是起点，我还不知道，走一条道不能这样，急促，匆忙。一年年过去，我赶着路，我想我远远不及我想要的样子，还不能走到她眼前，回到她的身旁。我想，我匆匆忙忙急着要成为自己想要的样子,遮盖了余下的一切。

我的妈妈,很快就不行了。或许她的确病了,但也许也有点别的什么,忧伤,事实上,有太多人都这么走了。

反复无常的她,年轻的她走了,去了一个也许再也没有分叉,再也不用艰难地选择,也无须离开的地方。也许那儿也有路,但每一条都经过阿尔塔蒙。阿尔塔蒙。

译后记

文学的温度

——魁北克式枫糖浆的暖

标准对于有感性作祟的文学来说，难。但温度，是阅读时心里甚至生理自然的判断，比如：看得汗毛直立，看得暖洋洋的，看得心里一热……把温度引入文学，许多难以划归的作家、作品自然就有了合适的位置。常识告诉我们：高温容易腐烂，低温容易保存。闲逸自处的作品大抵低温，什么叫闲逸自处？为一己之志趣而写，不图看的人知达，所以即便写山写水，哪怕写个可爱的动物，比如猫，也有些轻飘，隐而浮，看的人抓不住自然难引争议。看得人血脉贲张的作品自然是高温的，容易腐烂在不应谈对错的文学里不是失去价值的表现，反而是在用生的生命力表现生之沉重的反面——死亡。这两个极端在我看来,对应最贴切的分属婉约派及波德莱尔、萨德等法国作家。而文学温度表的中间,应该给治愈系留一个位置。作为九十年代末期出现在日本的新名词,治愈系一开始就和人的姿态联系在一起:亲和、自然之态。任何一种需求都应缺失而生,如果亲和、自然在现代人看来有了治愈的功效,那距离与隔阂就时常相伴。虽然平日里治愈系推及的范围已至生活方方面面:图片、音乐、玩偶,甚至食物,但从治愈系"细微中见美好"的释义看,电影与文学这两种借过程讲变化的形式,更能充分地体现"见"这一发现的不易。治愈系也是有要求的,就原产地日本而言,无论电影(《小森林》《海鸥食堂》《四月物语》《幸福的面包》),还是文学(《一个人的好天气》《厨房》),都是无常中累积的一个个"小确幸",给人一种无常即日常的闲寂感。如果以一种食物形象地表达日式的治愈,应推抹茶,涩而不滞,清凉。相较于善用留白与省略的日式治愈,西方有一种我们不太熟悉的治愈叫魁北克式治愈。一个岛国对自我的珍视表现于对当地自然风景及风俗文化的执着,更为突出地表现于对家庭成员间的牵绊的描写,因为一个家庭就像一座孤岛。但对于一个没有久远历史的法裔移民区,面对悬崖峭壁与高山河流,海洋与湖泊,魁北克这份漂泊的忧(魁北克诸多代表性文学作品从标题就能看出飘零,《岁月在漂泊》《艾玛尼埃尔人生一季》)只能用朗阔的哲思来解。以加布里埃勒·罗伊为代表的魁北克作家,借着孩童的懵懂与好奇安抚着曾经幼小的人生看客——小小的"我"以及人生变迁中接受遗憾的经历者——卑微的"我"。不同于日式治愈森林系的感恩,魁北克式治愈的温度来源于哲思,是金黄的枫糖浆,偏暖。

2010 年从法国回来,我选择性地带回三类书:高温的恶——《恶之花》《沙发》;低温乃至零度的禅思——《未来之书》;中温的魁北克式治愈——《阿尔塔蒙之路》与《秋季环游》。不同于某类文人对某一风格的专注,这三类书代表了我对规则及束缚有意的排斥,对真烈的不放弃,对自成世界的理性与闲逸的固守,对自我治愈的渴望。你不能要求一个把生活活成文学的样子的人更多了。

当时我看着一列火车,想到了"错过"这个词。你出

阿尔塔蒙之路

生的时候我还没有来到这个世界,这是一种错过;你在经历着人生最艰难的时刻,我在遥远的地方不知经历着什么,这是一种错过;你在讲述你的生活,我因为不曾参与或者不了解,过了就忘了,这是一种错过;你在说着东,我在说着西,这是一种错过;你在大雪纷飞的北方,我在艳阳高照的南方,这是一种错过;你走向了人生的另一个阶段我停在原来的地方⋯⋯这不仅是空间、时间、懂得的问题,复杂到只能用"生活"两个字含混过去。每一次无奈地想起"生活"两个字,就像这本《阿尔塔蒙之路》里的小女孩克里斯蒂娜所困惑的:"只觉得生命一点不平等,一点不公平。为什么所有人不能都从一岁开始,每一年一起往上长呢?"书中有大量的篇幅在说加拿大一望无际的平原的坦荡与聊赖:"显得空荡荡,了无人迹,像拉回荒蛮的梦,孤绝遍野;像原野有心不要人、屋子和村子,一眨眼,使劲甩掉了一切,一返过去的模样,遗世而独立。"好不好呢? 平等与公平,意味着同一个起点,同一个终点,过程中没有起伏和意外,好不好呢,不好说,但书里的老人会告诉你:那多无趣。当风吹皱了温尼伯的湖水,随水浪起伏的海鸥隐隐约约,漫上沙岸的湖水退回又来,仿佛都在说着失去;当姥姥家的柜里满满的食物都快溢出来却没人享用;当热闹的人群在喧嚣的温尼伯湖商业区里啃着油腻的炸薯条而老人与克里斯蒂娜静静地坐在湖边;当第一次偶然经过的阿尔塔蒙之路刻意寻找却再也找不到时;当克里斯蒂娜从一个生活的看客——对生活不断地提出疑问,到生活的经历者(经历变迁,逐渐成形的自我对抗顽固的母亲)——对生活下着判断,做出回答,仿佛都在说着错过。当坦然接受这份遗憾——即使没有确切的答案也依然愿意坦然地随生活走向可能,就会和作者一同发现,世间的相遇自有它的道理,无法同步注定了只能错过的步伐在某一个地方终会相遇,在阿尔塔蒙之路:错过意味着前后交错,前后交错才有了路。阿尔塔蒙之路不仅仅只是地图上的某一个名字,一个路标,谁的过去,谁的现在,谁的未来,而是他/她的过去与他/她的现在与他/她的未来交汇的地方,"爱的国度"。

《阿尔塔蒙之路》的暖就在于经历了人世变迁也麻木、抱怨的克里斯蒂娜在回忆往昔时仍然不忍直白地说教,她用辽阔的原野、敏感的温尼伯湖、舅舅家乡下窸窸窣窣、仿佛下雨的小树林以及阿尔塔蒙之路上扑面而来的小山陪伴着曾经懵懂而好奇的自己重新经历。

　　重新经历一种叫作姥姥、妈妈和"我"的错过。故事的一开头，是姥姥和"我"面对面，是自我与"出身"面对面的譬喻。像史铁生在《我的丁一之旅》中所说，每一个人的出生都是别人口中的故事，每一个人都是通过别人的讲述才了解到自己的出身，而书中专横的姥姥像突然而至的陌生的出身密码，让克里斯蒂娜看得一头雾水。所谓"出身"，意味着从纵向的时间轴上看自己先辈、长辈的过去，也意味着（如果可能的话）在共处的现在了解先辈、长辈的现在以及同辈的现在。生活中经历的每一个人都像"可怜的老橡树，远离所有树，独自守着一个小小的角落"，但家庭的牵绊又像"山丘上，矮矮的小树，或许生自老树，每一片新叶在山谷里窸窸窣窣"。这说的是爱中的相遇。但有的时候，爱是惊诧和矛盾。某一天你赫然发现你所抗拒甚至厌恶的潜移默化转移到了自己骨子里，父母一辈子舍不得丢掉的"家什"又摆在了眼前，父母在孩子身上又重活了一遍。曾经不明白为什么妈妈总是抱怨无所不能的姥姥"不放手"的克里斯蒂娜终于也问妈妈"还没做够啊"，当妈妈听到这一句时，也终于明白当初这话对姥姥来说有多重。我们总这样在错过中懂得，但这毕竟不是没来由的、孤独的事。当你像为了写作远游的克里斯蒂娜一样，为了追求自我，孑然一身越走越远，你也会像第一次见到温尼伯湖的克里斯蒂娜一样想到地窖里守望的妈妈。"她可怜，真的，一辈子从没见过温尼伯湖，没有见过海洋，没有见过落基山，一个个她那么渴望见到的地方，她都说过了，甚至需要的话，坚持要我们放下她，走遍这个世界。我想我有点儿懂了，光有走出去的憧憬，却走不出去，即使心有憧憬，仍会一辈子困在一条小街上。"人的心就是这样，有了还想要更多，但是"每条小小的街巷后，又是无尽的原野，现在这时候几乎都暗了颜色，恰恰这时，与天相接的地方出现了浓墨重彩的红，无边无际的原野魂不守舍，又悲伤"，你就会回想是什么第一次给了你安全感：

　　屋里一直烤着火，我们吃着南瓜馅饼，剥点榛子、玉米，还会往窗口放点番茄等它们成熟。有些时日，大锅里温水熬着料汁，整屋浸透着香气。院里木锯哼哼，两个调，先是清亮，一咬上木头就变得闷沉，像在乐呵呵地允诺:我给你们砍多多的柴火,一整个冬天够够的柴火。整个那段时间,家似准备启航的船,似就要沦陷的城郭,满满的储备:腌菜、魁北克枫树糖浆、不列颠哥伦比亚的红苹果、安大略的李子。不久,又收到了乡下舅舅寄来的吃食:鹅肝、火鸡、十二只鸡、火腿和肥腊肉,几箱鲜蛋和农场产的黄油。夏天的厨房摇身一变成了店铺,我们只用整天泡在里面,霜冻冻住了保鲜期。丰足的秋就是畅爽,或许那时我就知道了什么叫安全感。

还是相遇。像老人说的,也许就是一个循环,"一切都会在那儿重聚,我们所爱的人,我们所爱的事和物。"

"像我们所有人一起,你和她,我和他,一起玩耍,一起穿过生命,伸出手想要遇见……"也终会遇见,在阿尔塔蒙之路。

不同于日式治愈系的留白,《阿尔塔蒙之路》所代表的魁北克式治愈系愿意再现每一个关于生活之忧的细节,只是借着哲思宽容了每一个误会、争执、遗憾甚至悔恨,定了温暖的调子。不同于日式治愈系看后想要拥抱自然和生活中细微却美好的事物,魁北克式治愈系让你看了想要马上拥抱身边爱着的每一个人,并非一种诗意的审美,而是越过自我的一份厚重,如同金色的黏稠的枫糖浆。

我带回了《阿尔塔蒙之路》,此刻郑重地向大家推荐。

赵苓岑

2016 年 8 月 25 日

蒙自

图书在版编目(CIP)数据

阿尔塔蒙之路 / (加)加布里埃勒·罗伊
(Gabrielle Roy) 著;赵苓岑译. —南京:南京大学
出版社,2017.7
　　ISBN 978 - 7 - 305 - 18607 - 3

　　Ⅰ.①阿… Ⅱ.①加… ②赵… Ⅲ.①中篇小说—加
拿大—现代 Ⅳ.①I711.45

　　中国版本图书馆 CIP 数据核字(2017)第 099738 号

La route d'Altamontby Gabrielle Roy
ⓒ Fonds Gabrielle Roy
Simplified Chinese translation copyright ⓒ 2017 by NJUP
Current Chinese translation rights arranged through Divas International，Paris
巴黎迪法国际版权代理（www.divas－book.com）

江苏省版权局著作权合同登记图字:10 - 2016 - 086 号

出版发行　南京大学出版社
社　　址　南京市汉口路 22 号　　　邮　编 210093
出 版 人　金鑫荣
书　名　阿尔塔蒙之路
著　者　(加)加布里埃勒·罗伊
译　者　赵苓岑
责任编辑　付　裕　沈卫娟

照　排　南京紫藤制版印务中心
印　刷　江苏苏中印刷有限公司
开　本　787×1092　1/32　印张 6.5　字数 92 千
版　次　2017 年 7 月第 1 版　2017 年 7 月第 1 次印刷
ISBN　978 - 7 - 305 - 18607 - 3
定　价　35.00 元

网　　址:http://www.njupco.com
官方微博:http://weibo.com/njupco
官方微信:njupress
销售咨询:(025)83594756